Georges et Louise

Michel Ragon

Georges et Louise

Le Vendéen et l'anarchiste

Albin Michel

IL A ÉTÉ TIRÉ DE CET OUVRAGE

Vingt-cinq exemplaires sur Vergé blanc de Hollande filigrané
dont quinze exemplaires numérotés de 1 à 15
et dix exemplaires, hors commerce, numérotés de I à X

22, rue Huyghens, 75014 Paris
www.albin-michel.fr

ISBN BROCHÉ 2-226-11379-7
ISBN LUXE 2-226-11437-8

FACE à face, une femme, un homme.

La femme est laide, vieille, habillée de guenilles noires, chaussée de souliers de curé.

L'homme est jeune. Il a un étrange visage aux petits yeux bridés, des pommettes saillantes. Il n'est pas beau, mais il est jeune, habillé comme un dandy, en redingote, bien astiqué, bien rasé, parfumé, un jonc à pommeau d'ivoire dans une main, son chapeau haut de forme dans l'autre.

Tous les deux se regardent, s'observent.

Le jeune homme a été nommé maire de Montmartre au début de septembre 1870 après la chute du second Empire. C'est un bourgeois.

Comme il est de petite taille, comme il débute sa vie politique à vingt-neuf ans, il a tendance à regarder le monde, à regarder les gens, du plus haut qu'il peut, en se cambrant la taille. L'air de se hausser sur la pointe des pieds.

La vieille femme, qui n'a que quarante ans mais

paraît déjà bien usée par les tâches subalternes, toise ce freluquet avec dédain. Mais elle a besoin de lui. Institutrice à la tête d'une école de pauvres, qui tient du pensionnat et de l'asile, ses charges sont lourdes, si lourdes qu'elle s'est contrainte à demander secours au nouveau maire. Deux cents fillettes à nourrir. Certaines ont tout juste trois ans et, les plus grandes, douze.

A priori, tout paraît opposer ces deux êtres. Aujourd'hui, cent trente ans après leur aventure qui commence, la distance qui les sépare n'a fait que s'accentuer. Ils semblent même, au regard de l'Histoire, ennemis irréductibles. Lui, le Vendéen qui se complaisait, dans sa vieillesse, à se dire « premier flic de France », lui, le jusqu'au-boutiste nationaliste, « père la Victoire » en 1918. Elle, l'irréductible anarchiste, la « pasionaria » de la Révolution, l'éternelle rebelle.

Et pourtant une amitié, une affection, un respect, une admiration réciproque, les lieront pendant toute la vie de Louise.

Car elle s'appelait Louise. Louise Michel. Et lui Georges. Georges Clemenceau.

I

LOUISE avait écrit à ce nouveau maire qu'elle ne connaissait pas, que personne ne connaissait encore, une lettre insolente, dont elle sera coutumière. Voulant mettre à l'épreuve les sentiments républicains du nouvel édile, elle le sommait de loger les nombreux sans-abri dans les maisons abandonnées du quartier, de réquisitionner pour les malades et les infirmes du vin et du charbon, d'abolir les ouvroirs religieux et de fermer les maisons de prostitution.

Non seulement le jeune maire de Montmartre ne s'offusqua pas de cette requête, mais venu arpenter les salles de l'école et remarquant la mauvaise mine des fillettes, il promit à Louise de ravitailler la cantine. Et il ajouta qu'étant médecin il pourrait soigner gratuitement les plus anémiques.

Louise, qui pensait choquer celui qu'elle appelait « le citoyen maire » en affichant des opinions antireligieuses, fut surprise de l'anticléricalisme véhément du magistrat. Étonnée également de l'approbation qu'il donna à sa manière peu orthodoxe d'enseigner. Louise Michel, qui était institutrice depuis déjà presque vingt ans, avait imaginé une pédagogie qui lui était très personnelle. Georges Clemenceau, qui s'en souviendra toujours avec émotion, écrira beaucoup plus tard :

« Je ne puis dire que cette école était absolument correcte, au sens où on l'entend à la Sorbonne. Cela tenait un peu de l'Ecole du roi Pétaud. On y enseignait à tort et à travers des méthodes inconnues, mais en somme, on y enseignait. »

Et il décrivait les élèves « piaillant, criant, se pendant à sa vieille robe trouée, l'adorant, en étant adorés ».

Sans doute les relations entre ce jeune politicien ambitieux et cette pauvre institutrice exaltée seraient-elles restées sans histoire, si l'Histoire ne les avait empoignés tous les deux dans une suite d'événements tragiques : l'abandon de Paris par le gouvernement provisoire de la République issu de la défaite des armées impériales, le siège de la capitale qui s'ensuivit, la Commune promulguée contre ce gouvernement capitulard. L'épreuve, les épreuves, les rapprocheront de plus en plus, tisseront leur amitié, les mèneront à des actions politiques communes.

Tous les deux, ce n'est pas si ordinaire, étaient nés dans des châteaux. A la différence que les parents de Clemenceau étaient châtelains et que la mère de Louise appartenait à la domesticité. A la différence que Louise Michel, produit des amours fugitives de la servante et du fils des maîtres, sera une bâtarde.

Une vie tout entière emportée par la révolte, le défi, l'imprécation, ne peut être seulement expliquée par la blessure de la bâtardise. Mais que Louise ait eu pour mère la douce et blonde Marianne Michel, fille d'une misérable femme recueillie au château par charité, laisse des marques ineffaçables. D'autant plus que les châtelains, aristocrates de la Haute-Marne, acquis aux idées républicaines depuis 1792, rousseauistes convaincus, élevèrent en l'absence du père la petite bâtarde comme une demoiselle qui joue du piano et compose des poèmes qu'elle envoie à Victor Hugo. Ces châtelains philanthropes morts, le château vendu, que reste-t-il comme possibilité à la bâtarde « embourgeoisée », rejetée par les héritiers, si ce n'est de devenir institutrice ?

En janvier 1853, Louise commence sa carrière d'enseignante à Audeloncourt, dans une école libre, comme on disait des établissements qui refusaient de prêter serment à l'Empereur. Rebelle déjà cette demoiselle qui, à la place des habituelles prières, fait chanter à ses élèves *La Marseillaise* avant l'étude du matin et après l'étude du soir et qui, à la messe où elle est tenue de les conduire, leur demande de quitter l'église lorsque le prêtre entonne le « Domine, salvum fac Napoleonem ».

Pourtant Louise est alors dévote, mais d'une dévotion torride, à la manière des *Paroles d'un croyant* de Lamennais, lu à dix-sept ans, relu, dévoré. Dévote, elle le sera d'ailleurs toujours à sa manière, même lorsqu'elle rejoindra l'anticléricalisme véhément de Clemenceau. Son ami Théophile Ferré ne lui disait-il pas pendant la Commune : « Vous êtes une dévote de la Révolution. »

Née le 28 mai 1830 (et non en 1836, comme elle l'a obstinément prétendu), brune, d'une bonne taille (un mètre soixante-quatre), elle s'est toujours dit laide. Laide et bâtarde, une manière de proclamer sa différence et de se placer du côté des exclus.

Elle est institutrice, seule profession intellectuelle accessible en ce temps à une jeune fille pauvre et instruite, mais elle ambitionne une carrière littéraire. Victor Hugo répond en vers aux multiples lettres agrémentées de poèmes qu'elle lui adresse, l'encourage, l'invite à venir lui rendre visite à Paris. Ce qu'elle fera avec une belle imprudence, en 1851, avant le départ du poète pour l'exil, et avant qu'elle entame sa carrière d'institutrice. De cette rencontre avec l'Ogre, elle ne dira rien. Jamais. Dans ses *Mémoires*, si prolixes, rien sur cette entrevue avec le poète qu'elle divinisait, qu'elle imitait dans ses propres vers, avec lequel elle continuera à correspondre pendant plus de trente ans. Nous y reviendrons [1].

A trente-cinq ans, Louise, toujours institutrice dans son village de la Haute-Marne, n'a jamais cessé d'écrire : des poèmes, des pamphlets, des lettres et, aussi, de la musique. Arrivée au milieu de sa vie, elle aspire encore à faire une carrière de femme de lettres (comme George Sand, alors au sommet de sa gloire), esquisse un opéra : *Le Rêve des sabbats*.

Ses rêves de poétesse la poussent à partir pour Paris. Mais comment y vivre sans y exercer encore la profession d'institutrice ? Puisque les châtelains ont légué à sa mère quelques arpents de terre, elle décide Marianne à les vendre pour acheter un externat à Montmartre.

Montmartre ! Dans cinq ans, le destin de Louise Michel s'y jouera avec frénésie.

Marianne suit sa fille, qu'elle ne quittera jamais, sauf lorsque la déportation, la prison, la lui arracheront. L'amour exalté de cette mère et de cette fille, cet embrasement de deux solitudes, seront à la fois leur baume et leur tragédie. Marianne n'approuvera ni les prétentions littéraires de Louise, ni ses idées politiques, ne les comprendra pas, mais sera toujours indissolublement liée à Louise dont elle partagera la bonté et le dévouement.

5, rue des Cloys, puis 24, rue Houdon, Louise et Marianne installent leur école. Car Marianne, bien qu'illettrée, devient bientôt l'institutrice auxiliaire de Louise, du moins en classe maternelle.

Comme beaucoup de jeunes institutrices qui ne pouvaient avoir accès à l'Université, Louise se précipita aux cours privés de la rue Hautefeuille où enseignaient l'avocat libéral Jules Favre et Jules Simon, révoqué de son professorat à la Sorbonne pour avoir refusé de prêter serment à l'Empereur. Deux des trois Jules du futur gouvernement provisoire de la République. C'est là que Louise fera son apprentissage politique. Mais elle y apprendra aussi la physique, la chimie, l'algèbre, les mathématiques. Bientôt chargée de cours de dessin, de littérature et de géographie dans une école professionnelle gratuite, elle donne aussi des cours de musique et commence à collaborer à des journaux d'opposition, signant ses pamphlets Enjolras, du nom de l'émeutier des *Misérables*.

Secrétaire bénévole de la « Société démocratique de moralisation », qui procure aux femmes et aux jeunes filles seules un emploi leur permettant d'échapper à la prostitution, elle participe au long cortège protestataire qui accompagne au cimetière du Père-Lachaise le journaliste Victor Noir, tué d'une balle de pistolet par Pierre Bonaparte, cousin de l'Empereur.

Nous sommes le 12 janvier 1870. Le monde bascule. Louise Michel a rencontré jusque-là des libéraux, des idéalistes, jamais de vrais révolutionnaires. Aux obsèques de Victor Noir elle remarque un homme au physique peu agréable, mais à la voix convaincante. C'est un tribun, disciple de Blanqui, émergeant de la foule par ses discours incendiaires. Il n'a que vingt-cinq ans, vit médiocrement de ses appointements de comptable. Petit, laid, le nez crochu chaussé de lorgnons, la barbe hirsute, cet agitateur extrémiste va séduire Louise qui, jusque-là, n'a jamais évoqué de relations sentimentales. Elle était une révoltée, elle va devenir à son contact une révolutionnaire. Séduire, entendons-nous. Il ne semble pas que le jeune Théophile Ferré ait jamais été amoureux de Louise, de quinze ans son aînée. Il semble plutôt qu'il n'a jamais aimé que l'utopie, la violence, l'impossible. Ses relations avec Louise resteront toujours au stade de la camaraderie virile et, de sa part, quelque peu condescendante. Toutefois, c'est à ce moment qu'elle se rajeunira coquettement de six années et n'en démordra pas.

Par-delà Théophile Ferré, il y a Blanqui. Louis-Auguste Blanqui, fils d'un député de la Convention, blessé sur une barricade en 1830, insurgé en 1848, emprisonné par tous les régimes. Or Blanqui sera le grand modèle, à la fois de Louise Michel et de Georges Clemenceau.

C'est ce que le maire de Montmartre et l'institutrice de la rue Houdon vont découvrir dans leurs rencontres, leurs entretiens, de plus en plus nombreux.

Louise n'avait vu d'abord, dans ce magistrat, qu'une protection possible pour son école, qu'une aide matérielle. Puisqu'il avait répondu à sa première sollicitation, elle le harcèlera. Clemenceau, ému par la misère qu'il découvre à Montmartre, où neuf nourrissons sur dix meurent de privations, fournit aux élèves de Louise de la viande de cheval, du lait, des légumes.

De plus en plus souvent, il arrive impromptu, s'informe, discute. Ce jeune bourgeois provincial aperçoit, grâce à Louise, ces « mystères de Paris » romancés jadis par Eugène Sue. L'arrondissement qui lui a été confié est un des plus misérables de Paris. Epoustouflé par l'immense charité de Louise qui distribue aux indigents tout ce qu'elle possède, et même ce qu'elle ne possède pas, car elle saura toute sa vie emprunter, mendier, jamais pour elle, toujours pour des inconnus, Clemenceau lui accorde sur le budget de la Commune tout ce qu'il peut. Mais souvent il se fâche, et ces petites fâcheries, ces disputes, vont contribuer à les rapprocher, à leur donner un début d'intimité. Georges est furieux parce que la couverture qu'il a réussi à se procurer pour le grabat de Louise a disparu et qu'il sait qu'elle l'a coupée en morceaux pour en faire des châles à des pauvresses. Il est furieux parce qu'il trouve attablé dans l'école, mangeant un bol de soupe, un voleur recherché par la police. Il est furieux parce que, dans la rigueur de l'hiver, il ne dispose plus que de huit livres de pain pour cinquante enfants et que Louise gaspille les miches avec sa charité incontrôlée.

En réalité, il est moins furieux contre Louise, qu'il aime chaque jour davantage (cette folle !) que contre le siège de Paris qui impose la famine. A son dispensaire, arrivent de plus en plus d'enfants mourant de faim et de froid. Il est furieux contre le gouvernement provisoire de la République qui discute avec les Prussiens, louvoie, abandonne peu à peu Paris. Et, dans cette fureur, il en vient à parler à Louise de Blanqui [2].

Louise est stupéfaite. Alors qu'elle ne connaît de Blanqui que sa légende, racontée par Théophile Ferré, Georges, lui, ce bourgeois, est un vieil ami de l'irréductible révolutionnaire. Mieux, Blanqui est un familier de la famille de Clemenceau, famille vendéenne de surcroît.

Louise va de surprise en surprise. La famille de Georges, vendéenne et républicaine, n'est châtelaine que pour avoir accaparé les biens d'un noble en 1790. Jacobine au possible, à la place des habituels crucifix, elle a accroché ostensiblement dans son château du Bocage les portraits de Saint-Just et de Robespierre. Figure spartiate que celle du médecin Benjamin Clemenceau, le père de Georges, venu à Paris à pied de sa Vendée en 1830 pour y faire ses études de médecine, et qui arrive juste à temps pour participer à la révolution des trois Glorieuses. En 1848, avec ses amis républicains de la Vendée et de la région nantaise, Benjamin Clemenceau joua un grand rôle dans l'organisation régionale de la deuxième République, et connut alors Blanqui. Plus tard il lui fournira un passeport pour fuir en Belgique lors du coup d'Etat du Prince Napoléon. Interné quelque temps à Nantes, Benjamin Clemenceau fut de nouveau incarcéré en 1858 et condamné à la déportation en Algérie.

« Lorsque mon père partit pour l'exil, raconte Georges à Louise, tous ses amis l'avaient fui. Deux seulement osèrent venir lui serrer la main. Après leur départ, je m'approchai de mon père et je lui dis : "Je te vengerai." »

Georges avait dix-sept ans. Le souvenir de son père, menottes aux poignets, le conduira lui-même à la révolte. Quatre ans plus tard, étudiant en médecine à Paris, Georges, pour avoir proclamé un peu trop tôt la République place de la Bastille, sera lui-même emprisonné pendant deux mois et demi à Mazas[3].

Donc Georges, cet ancien prisonnier de l'Empire, fera la connaissance de Blanqui en allant saluer l'un de ses complices enfermé à Sainte-Pélagie[4]. Pendant un an, tous les jours, le jeune étudiant en médecine rendra visite dans sa cellule au vieux militant révolutionnaire, presque sexagénaire. L'influence de Blanqui sur Clemenceau est indéniable. Trente ans plus tard, au sommet de sa carrière politique, en 1896, il écrira :

« Je garde en moi d'inoubliables visions de Blanqui à Sainte-Pélagie, où je reçus le premier choc des brûlants rayons noirs qui dardaient de la blanche face amaigrie... Dans les temps que nous traversons, cette vie de désintéressement total, dans une auréole de héros, ne découragera que les lâches du grand combat pour la justice et pour la vérité. »

A Sainte-Pélagie, Clemenceau rencontrera aussi un autre détenu, à peu près de son âge, qui deviendra un de ses amis intimes et qui jouera avec lui un rôle capital au moment de l'affaire Dreyfus, Eugène Scheurer-Kestner.

Louise est enthousiaste. Ce bourgeois est donc un frère. Ses antécédents républicains lui ont d'ailleurs valu d'être nommé si jeune maire de Montmartre. Ne vient-il pas d'instituer sur la Butte la séparation de l'Eglise et de l'Etat ? N'a-t-il pas nommé Blanqui, rentré d'exil, commandant du 169e bataillon de gardes nationaux ? Contre l'investissement de Paris par les Prussiens, n'a-t-il pas lancé cette proclamation :

« Nous sommes les enfants de la Révolution. Inspirons-nous de l'exemple de nos pères de 1792 et, comme eux, nous vaincrons. »

Elu député radical de la Seine en février 1871, il

accourt à Bordeaux où s'est réfugié, loin de Paris, le gouvernement provisoire de la République. Le 1er mars, dans la salle du Théâtre Louis, les résultats du scrutin pour les préliminaires de paix sont proclamés. Cinq cent quarante-six députés ont voté pour la fin de la guerre, cent sept contre, dont Clemenceau et son ami retrouvé, Scheurer-Kestner. A l'annonce de l'abandon à l'Allemagne de l'Alsace et d'une partie de la Lorraine, Emile Kuss, maire de Strasbourg, terrassé par l'émotion, tombe, mort.

Le lendemain, indigné par la lâcheté du gouvernement provisoire, Georges Clemenceau, avec seulement trente-sept collègues, signe une lettre adressée aux députés d'Alsace et de Lorraine :

« Nous tenons à vous dire encore que les représentants de la France républicaine partagent vos sentiments et votre opinion. Nous nous sentons attachés aux héroïques populations que vous représentez, aussi fortement qu'elles se sentent elles-mêmes attachées à la Patrie commune... Comme vous, enfin, nous tenons d'avance pour nul et non avenu tout acte ou traité, vote ou plébiscite par lequel serait faite cession d'une fraction quelconque de l'Alsace ou de la Lorraine. Quoi qu'il arrive, les citoyens de ces deux contrées resteront nos compatriotes et nos frères. »

A peine a-t-il reçu ses premiers mandats politiques que Clemenceau s'insurge, se rebelle.

Bientôt les municipalités de Paris vont s'ériger en Commune, se dressant contre le gouvernement des trois Jules installé à Versailles (Favre, Simon, Ferry). Clemenceau parlemente, adjure l'Assemblée versaillaise d'examiner les projets des lois municipales, avant qu'il ne soit trop tard.

« Laissez-nous le temps d'étudier la question, lui répond aigrement Auguste Thiers. Paris ne peut être gouverné comme une ville de trois cents âmes.

– Du temps, s'écrie Clemenceau, c'est ce qui nous manque à tous. »

Le 31 octobre, aussitôt revenu à Paris, il fait apposer cette affiche sur la mairie de Montmartre :

« La municipalité du XVIIIe arrondissement proteste avec indignation contre un armistice que le gouvernement ne saurait accepter sans trahison. »

Le 18 mars 1871, à cinq heures trente du matin, Louise Michel, présidente du Comité républicain de vigilance des citoyennes du XVIIIe arrondissement, assiste la sentinelle Turpin qui interroge un suspect. Une balle siffle, frappe Turpin au ventre. Louise se précipite à la mairie pour appeler le médecin-maire Clemenceau qui accourt et panse le blessé.

Pendant ce temps, Louise se rend sur la Butte où les quatre-vingt-onze canons que l'armée versaillaise tente de déménager sont disputés aux soldats par des femmes du peuple qui se couchent sur les affûts. Conspués par la population, les lignards hésitent. Leur commandant, le général Lecomte, ayant donné l'ordre de tirer, un sous-officier s'interpose, crie : « Crosse en l'air ! » Les fantassins baissent les armes. Le général Lecomte et le général Thomas, ainsi que leurs officiers, sont saisis par leurs propres soldats et incarcérés.

Vers seize heures trente, le capitaine de la garde nationale Mayer, à qui Clemenceau avait recommandé de veiller sur les prisonniers, accourt à la mairie et l'informe en toute hâte que les généraux Lecomte et Thomas allaient être fusillés s'il n'intervenait pas au plus vite.

En arrivant rue des Rosiers, Clemenceau se jette parmi les officiers prisonniers qu'emmenaient des gardes nationaux et s'emploie, malgré les menaces, à les faire libérer. Quant aux deux généraux, ils avaient été déjà exécutés, premières victimes de la Commune qui ne sera proclamée que dix jours plus tard. Premières victimes avec, dans l'autre camp, la sentinelle Turpin qui, malgré les soins de Clemenceau, succombera à sa blessure.

Par l'intermédiaire de Louise, Turpin avait confié sa veuve à Clemenceau. Aux obsèques du premier communard immolé, Louise présentera Georges à Théophile Ferré. Un autre homme est là, Jules Vallès [5].

Etrange rencontre devant cette tombe que celle

de Vallès et de Clemenceau, car au lycée de Nantes Georges avait eu pour professeur, en classe de cinquième, le père de Vallès. Vallès et Clemenceau se retrouveront souvent après la Commune et leurs opinions politiques seront toujours convergentes. Déjà, aux obsèques de Turpin, tous les deux s'opposèrent violemment à Théophile Ferré qui approuvait l'exécution des deux généraux, le traitant de fanatique.

« Je dénie à Paris le droit de s'insurger contre la France », lance Clemenceau.

Pourtant Paris va s'insurger contre la France et Clemenceau restera avec les rebelles, rejoignant les quelques maires et adjoints qui reconnaissent à Paris le droit de se gouverner et de confier à la garde nationale, exclusivement, la défense de la ville.

Alors que Louise, entraînée par son amour pour Théophile Ferré, élu dans le noyau dur de l'extrême gauche de la Commune, se jettera avec frénésie dans toutes les actions les plus audacieuses, Georges demeurera un peu en retrait. L'exécution des généraux prisonniers l'a offusqué et si les communards extrémistes, comme Ferré, lui en veulent d'avoir fait libérer les autres officiers, par contre Versailles lui reproche sa connivence avec les insurgés, et sa prétendue participation à la fusillade des généraux. Pendant vingt ans, ses adversaires politiques ressortiront la tache de ce meurtre qu'il avait tenté d'éviter.

Même si Louise délaisse quelque peu son école de la rue Houdon, que sa mère et une aide-maîtresse tentent de maintenir en activité, même si Louise est devenue à la fois soldate et ambulancière, coureuse de meetings et sœur de charité, même si ses élans la portent plus du côté de Ferré que de Clemenceau, elle continue cependant à fréquenter ce curieux bourgeois, aussi anticlérical que les plus anticléricaux des communards, aussi républicain que Blanqui (arrêté de nouveau par Thiers le 17 mars), aussi exalté que Vallès.

Mais le député-maire Clemenceau croit à l'action parlementaire, alors que Louise ne parle que d'action directe. Il restera néanmoins parmi les insurgés jusqu'en mai, à quelques jours de l'anéantissement de la Commune, la Ligue de l'union républicaine l'ayant alors délégué pour participer à un nouveau congrès à Bordeaux.

Louise, qui a adhéré au club « La Patrie en danger », s'est engagée dans le 61e bataillon de marche de la garde nationale, commandé par Eudes[6], mari d'une de ses anciennes élèves, Victoria Louvet, elle-même combattante. Coiffée d'un képi noir à passepoil rouge, armée d'une carabine Remington, elle participe aux batailles, comme de nombreuses autres femmes.

Les communards, unissant leurs sentiments antireligieux et leur puritanisme, refusant comme infirmières à la fois les bonnes sœurs et les prostituées, Louise fait patronner l'enrôlement des prostituées par le Comité de vigilance des femmes du XVIIIe arrondissement. Beaucoup d'entre elles combattront et mourront sur les barricades lors de la Semaine sanglante[7]. Nombreuses seront aussi les institutrices, comme Louise, qui s'engagèrent dans les services de secours aux blessés, à la fois guerrières et consolatrices.

Clemenceau avait suivi le bataillon de Montmartre lorsque celui-ci participa à la reprise du fort d'Issy. Louise, racontera-t-il, mêlée aux combattants, tirait avec détermination et, l'instant d'après, lâchait son fusil pour se précipiter vers un blessé qu'elle soignait.

Il écrira, beaucoup plus tard :

« Pour empêcher qu'on tuât, elle tuait... Jamais je ne la vis plus calme. Comment elle ne fut pas tuée cent fois sous mes yeux, c'est ce que je ne puis comprendre. »

« Pendant toute la Commune, dit Louise dans ses *Mémoires*, je n'ai passé chez ma pauvre mère qu'une seule nuit... dormant n'importe où... »

Le 22 mai, alors que la Commune agonisait, Louise revenue à Montmartre, chassée du cimetière par les obus versaillais, s'était repliée sur la barricade de la place Blanche qui fermait l'entrée de la chaussée Clignancourt. Cette barricade, tenue uniquement par des femmes, sera l'une des dernières à ralentir l'assaut final des troupes de Mac-Mahon. Louise, avec deux compagnes, résistera aux attaques pendant des heures et réussira à s'enfuir au moment de l'assaut final. Elle qui s'était tant exposée, qui s'était même glissée un jour jusqu'à Versailles pour tenter d'assassiner Auguste Thiers, sortait de la Semaine sanglante avec seulement une éraflure au poignet. Mais fugitive, ayant appris que sa mère avait été arrêtée à sa place, elle se livra sans peur, comme un dernier défi.

Quant à Georges Clemenceau, redoutant une répression qui, dans les mois qui suivirent l'écrasement de la Commune, sera à la fois aveugle et féroce, il se réfugia en Vendée, dans le château familial. Mais là encore il ne se sentit pas en sécurité et demanda asile en Alsace à son ami Scheurer-Kestner.

Industriel de la grande bourgeoisie alsacienne, Auguste Scheurer-Kestner vivait à Thann, petite ville paisible entre des collines plantées de vignes. Clemenceau s'y met au vert, cherche à se faire oublier. Sa carrière politique semble alors déjà se terminer. Cependant que Louise, elle, au milieu de son âge, va commencer véritablement la sienne. En effet, la véhémence de ses discours devant ses juges à Versailles la transformera en héroïne. Car, contrairement à sa légende, Louise Michel ne fut pas un personnage clef de la Commune de Paris, son activisme désordonné se produisant dans le rang, somme toute plutôt anonyme. Dans son *Histoire de la Commune de 1871*, Lissagaray[8], qui en fut le témoin et le premier historien, ne cite brièvement Louise que quatre fois, alors qu'il mentionne onze fois Clemenceau qu'il n'aime pas. C'est une jeune Russe, Elisabeth Dmitrieff, envoyée par Karl Marx comme représentante de l'Internationale auprès de la Commune qui lui paraît « la Théroigne de cette Révolution ».

Il faut bien dire que si Louise ne tient aucun rôle important pendant la Commune, c'est qu'aucune femme n'y recevra de poste de direction. La Commune sera libertaire et égalitaire, sauf pour les femmes auxquelles elle oubliera de donner le droit de vote[9].

Les officiers de la Commune répugnaient d'ailleurs à accepter dans leurs rangs des femmes-soldats, leur refusant souvent vivres et munitions et les cantonnant dans l'intendance ou l'infirmerie.

Impossible de ne pas penser au procès de Jeanne d'Arc lorsque l'on dépouille le dossier des interrogatoires de Louise Michel. Elle aussi a entendu « ses voix » et ce petit homme à l'aspect de bureaucrate qui se nomme Théophile Ferré est son archange. Théophile Ferré, emprisonné comme Louise et voué au peloton d'exécution.

Car, parmi les chefs de la Commune capturés, Ferré apparaît aux juges militaires de Versailles comme indéfendable. N'est-il pas accusé d'avoir fait exécuter les otages [10], d'être l'incendiaire du Palais de justice et de la préfecture de police ? De plus, Ferré ne nie rien, endosse toutes les responsabilités. Louise sait qu'il sera condamné à mort, mais de sa prison elle multiplie les interventions, crie sa douleur, sa haine. Clemenceau disparu, elle charge Marie Ferré, la sœur de Théophile, de porter une supplique à Victor Hugo. Prudemment, Hugo n'est pas resté Parisien pendant la Commune et il ne s'est pas non plus compromis avec les Versaillais. Réfugié à Bruxelles, il disait de la Commune : « Une bonne chose, mais mal faite [11]. »

Mal faite... Pour l'heure dix-sept mille morts ont été relevés dans les rues de la capitale. Sur les quarante mille arrestations, trente mille seront suivies de condamnations.

Louise Michel est emprisonnée. Les charges portées contre elles sont bien maigres. Parallèle encore avec Jeanne d'Arc, les juges l'accusent d'avoir quitté ses vêtements de femme pour revêtir un costume de garde national. « N'avez-vous pas porté plusieurs fois un costume d'homme ? » lui demande-t-on. « Pourquoi avoir quitté votre robe ? » disaient les juges de Rouen à Jeanne.

Grâce à l'aumônier, l'abbé Folley qui, malgré l'interdit, communique leurs lettres, Louise Michel et Théophile Ferré s'écrivent. Les lettres de Louise sont passionnées. Celles de Ferré anodines. Elle l'appelle frère. Il l'appelle citoyenne. « Ne suis-je pas votre sœur, lui dit-elle, pour que vous me disiez toute votre âme, comme je vous dis la mienne. » Il répond : « Tout à vous, chère citoyenne, et à l'Egalité. »

Hugo a refusé de demander la grâce de Ferré qu'il considère comme aussi monstrueux que le général Galliffet, le bourreau de la Commune. Alors Louise crie, insulte, se veut coupable, la plus coupable. Elle prend sur elle tous les crimes, proclame qu'elle voulait tuer Adolphe Thiers, mais que Ferré le lui a interdit, qu'elle se trouvait à Montmartre lorsque les généraux Lecomte et Thomas ont été fusillés et qu'elle a crié : « C'est bien fait. » C'est elle qui a poussé Ferré à signer le décret d'exécution des otages. C'est elle la pétroleuse. Ferré n'est qu'un enfant innocent.

Le 4 septembre, elle écrit aux présidents des 3e et 4e conseils de guerre :

« J'ai été plutôt soldat qu'ambulancière, j'ai droit à la mort et je viens la réclamer. »

Théophile Ferré sera fusillé le 30 novembre. Dans la nuit qui précéda l'exécution il écrira ses deux dernières lettres, l'une à sa sœur Marie, l'autre à Louise. Et cette lettre est enfin moins rude.

« Chère citoyenne,

« Je serais un ingrat si je ne vous manifestais pas à ce moment toute l'estime que je ressens pour votre caractère et votre bon cœur... Adieu, chère citoyenne, je vous serre fraternellement la main. Votre tout dévoué, Théophile Ferré, au terme de ses jours. »

Désormais, Louise n'a qu'une peur : qu'on la gracie parce qu'elle est une femme. Elle multiplie les imprécations, demande que le sang que l'on verse retombe sur les accusateurs. Le 2 décembre, elle écrit au général Appert : « Vous savez bien tous que si je sortais vivante d'ici je vengerais les martyrs. Vive la Commune ! »

Le 16 décembre 1871 s'ouvre à Versailles le procès de Louise Michel. Elle s'y est préparée, va y jouer consciemment un rôle, son grand rôle qui en fera à jamais l'une des tragédiennes de l'Histoire. Alors qu'elle ne s'était jamais souciée de sa toilette, elle apparaît au tribunal vêtue théâtralement en veuve, un voile de crêpe sur le visage.

Le compte rendu du conseil de guerre, présidé par

un colonel de cavalerie, attribue à Louise Michel une place éminente au sein de la Commune, tout à fait imaginaire, mais qui restera désormais vérité acquise :

« Fille illégitime élevée par charité, au lieu de remercier la Providence qui lui avait donné une instruction supérieure et les moyens de vivre heureuse avec sa mère, elle se laisse aller à son imagination exaltée, à son caractère irascible et, après avoir rompu avec ses bienfaiteurs, va courir l'aventure à Paris...

« Intimement liée avec les membres de la Commune, elle connaissait d'avance tous leurs plans. Elle les a aidés de toutes ses forces, de toute sa volonté ; bien plus, elle les a assistés et souvent elle les a dépassés. »

Contrairement à beaucoup d'accusés, frustes et malhabiles, Louise s'exprime aisément, dans un excellent français et ses répliques au tribunal sont en effet dignes de Jeanne, l'autre « sorcière », l'autre « soldate ». Puisque l'inculpation lui donne une fonction importante, elle saisit la balle au bond, approuve, dit qu'elle s'honore d'être un des promoteurs de la Commune, qu'elle a assisté à toutes les séances de l'Hôtel de Ville.

Viennent des témoins qui, par peur ou par bêtise, accusent Louise de toutes les complicités. Un seul prononce l'éloge de l'accusée. C'est un aristocrate, Mauté de Fleurville qui, en tant qu'inspecteur des écoles des enfants pauvres, témoigne de la bonté, de la charité et du dévouement de Louise. Il évite néanmoins d'ajouter que sa fille, Mathilde, a, sur les conseils de Louise, épousé pour son plus grand malheur un poète qui se nomme Paul Verlaine.

Dans son réquisitoire, le procureur de la République préconise que soit « retranchée de la société une créature qui est pour elle un danger permanent ». Louise récuse alors la défense d'un avocat et prend la parole :

« Pourquoi me défendrais-je ? Je vous l'ai déjà déclaré, je me refuse à le faire. Vous êtes des hommes qui allez me juger, vous êtes devant moi à visage découvert ; vous êtes des hommes et moi je ne suis qu'une femme, et pourtant je vous regarde en face. Je sais bien que tout ce que je pourrai dire ne changera rien à votre sentence... Encore une fois je vous appartiens, faites de moi ce qui vous plaira. Prenez ma vie si vous la voulez, je ne suis pas femme à vous la disputer un seul instant. Si vous n'êtes pas des lâches, tuez-moi. »

Le verdict tombe : condamnation à la déportation perpétuelle dans une enceinte fortifiée.

Louise a vingt-quatre heures pour se pourvoir en révision. Elle s'écrie :

« Non, point d'appel. Mais j'aurais préféré la mort. »

Sa passion pour Ferré qui s'identifie à sa passion

pour la Révolution, l'aspect spectaculaire de son procès, ses répliques, ses imprécations, sa longue robe noire qu'elle revêtira désormais toujours en signe de deuil, deuil de Ferré, mais aussi deuil de la Commune, vont faire de cette anonyme de la Révolution un mythe grandiose.

Dans les jours de décembre, qui suivront le verdict, Victor Hugo, le maître vénéré, va offrir à Louise un cadeau superbe, lui consacrant un long poème qu'il intitule *Viro Major* :

Ayant vu le massacre immense, le combat,
Le peuple sur sa croix, Paris sur son grabat,
La pitié formidable était dans tes paroles.
Tu faisais ce que font les grandes âmes folles,
Et lasse de lutter, de rêver, de souffrir,
Tu disais : « J'ai tué ! » car tu voulais mourir.
Tu mentais contre toi, terrible et surhumaine.
Judith la sombre Juive, Arriva la Romaine
Eussent battu des mains pendant que tu parlais.
Tu disais aux greniers : « J'ai brûlé les palais ! »
Tu glorifiais ceux qu'on écrase et qu'on foule.
Tu criais : « J'ai tué, qu'on me tue ! » Et la foule
Ecoutait cette femme altière s'accuser.
Tu semblais envoyer au sépulcre un baiser.
Ton œil fixe pesait sur les juges livides,
Et tu songeais, pareille aux graves Euménides.
La pâle mort était debout derrière toi,

Toute la vaste salle était pleine d'effroi,
Car le peuple saignant hait la guerre civile.
Dehors, on entendait la rumeur de la ville.
Cette femme écoutait la vie aux bruits confus,
D'en haut, dans l'attitude austère du refus.
Elle n'avait pas l'air de comprendre autre chose
Qu'un pilori dressé pour une apothéose.
Et trouvant l'affront noble et le supplice beau,
Sinistre, elle hâtait le pas vers le tombeau.
Les juges murmuraient : « Qu'elle meure ! C'est juste.
Elle est infâme. A moins qu'elle ne soit Auguste »,
Disait leur conscience. Et les juges, pensifs,
Devant oui, devant non, comme entre deux récifs,
Hésitaient, regardant la sévère coupable.
Et ceux qui, comme moi, te savent incapable
De tout ce qui n'est pas héroïsme et vertu,
Qui savent que, si l'on te disait : « D'où viens-tu ? »
Tu répondrais : « Je viens de la nuit d'où l'on souffre ;
Oui, je sors du devoir dont vous faites un gouffre. »
Ceux qui savent tes vers mystérieux et doux,
Tes jours, tes nuits, tes soins, tes pleurs, donnés à tous,
Ton oubli de toi-même à secourir les autres,
Ta parole semblable à celle des Apôtres,
Ceux qui savent le toit sans feu, sans air, sans pain,
Le lit de sangle avec la table de sapin,
Ta bonté, ta fierté de femme populaire,
L'âpre attendrissement qui dort sous ta colère,
Ton long regard de haine à tous les inhumains

Et les pieds des enfants réchauffés dans tes mains,
Ceux-là, femme, devant ta majesté farouche,
Méditaient, et malgré l'amer pli de ta bouche,
Malgré le maudisseur qui, s'acharnant sur toi,
Te jetait tous les cris indignés de la loi,
Malgré la voix fatale et haute qui t'accuse,
Voyaient resplendir l'ange à travers la méduse.
Tu fus haute et semblas étrange en ces débats,
Car, chétifs comme sont les vivants d'ici-bas,
Rien ne les trouble plus que deux âmes mêlées,
Que le divin chaos des choses étoilées
Aperçu tout au fond d'un grand cœur inclément,
Et qu'un rayonnement vu dans un flamboiement.

Cinquante-huit vers de Hugo, le plus célèbre poète du siècle ! Louise est canonisée.

II

DEUX ans après la défaite de la Commune, la liquidation de ses principaux acteurs, comme de ses plus anonymes exécutants, s'était opérée implacablement. Deux cent soixante-dix condamnations à mort, trois mille quatre cents à la prison, quatre cent dix aux travaux forcés, sept mille cinq cents à la déportation. Ceux qui avaient réussi à s'enfuir, comme Jules Vallès, Eudes, Lissagaray, Vaillant [12], s'étaient réfugiés principalement à Londres.

Louise Michel, condamnée à la déportation en Nouvelle-Calédonie, bénéficiait d'une certaine faveur si l'on comparait sa peine à celle de nombreuses « pétroleuses » envoyées à Cayenne. Faveur très relative car, si le climat de la Nouvelle-Calédonie est plus clément que celui de la Guyane, les décès y seront néanmoins nombreux.

La Virginie, voilier sur lequel Louise Michel va faire son premier voyage en mer, en contournant l'Afrique, en compagnie de vingt et une femmes et de cent vingt-cinq hommes, dont soixante Arabes condamnés pour leur révolte en Algérie, était le huitième bateau transportant les déportés[13].

Le mal de mer, la chaleur des tropiques, la glaciation de l'hémisphère sud, la faim, la soif, les biscuits pourris, le manque d'hygiène, l'ankylose des membres puisque les bannis ne peuvent se déplacer, enfermés pendant quatre mois dans des cages de fer, briseront rapidement la volonté des plus vaillants. Mais Louise Michel s'émerveille. De cette mer mystérieuse, de la tempête, du travail des marins lorsque l'on permet tout de même aux prisonniers quelques échappées sur le pont. Ayant reconnu dans la cage des hommes l'un des plus célèbres polémistes antibonapartistes, Henri Rochefort[14], elle crie derrière ses barreaux :

« Bonjour, mon camarade. »

Il répond :

« Bonjour, ma camarade. »

Louise n'avait jamais rencontré Rochefort pendant la Commune, mais elle savait que, comme Victor Hugo, ce dernier avait démissionné de son mandat de député après la paix de Bordeaux. Avant la Commune, elle lisait *La Lanterne*, cette petite brochure de soixante pages, que Rochefort publiait tous les samedis. Elle connaissait ses célèbres railleries : « Il y a en France trente-six millions de sujets, sans compter les sujets de mécontentement. » « La Cour des Tuileries, ainsi nommée parce que c'est de là que nous viennent les tuiles. » Pour avoir participé à la manifestation lors des obsèques de Victor Noir, elle n'ignorait pas le rôle joué par Rochefort dans ce guet-apens.

Rappelons que Pierre Bonaparte, voulant éliminer Rochefort, l'avait provoqué en duel. Rochefort lui envoya ses témoins, dont le journaliste Victor Noir, abattu d'une balle de pistolet par le prince exaspéré.

Le soir même, Rochefort publiait :

« J'ai eu la faiblesse de croire qu'un Bonaparte pouvait être autre chose qu'un assassin.

« J'ai osé imaginer qu'un duel loyal était possible dans cette famille où le meurtre et le guet-apens sont de tradition et d'usage...

« Voilà dix-huit ans que la France est entre les mains ensanglantées de ces coupe-jarrets qui, non contents de mitrailler les républicains dans les rues, les attirent dans des pièces immondes pour les égorger à domicile. »

Résultat, Pierre Bonaparte fut acquitté et Rochefort enfermé à Sainte-Pélagie. Libéré à la chute de l'Empire et placé avec Jules Ferry, Jules Favre et Gambetta parmi les membres du gouvernement provisoire. Bien qu'il n'ait pas participé à la Commune, la haine que lui portait Adolphe Thiers lui valait la déportation.

Malgré l'interdiction de contacts entre prisonniers

et prisonnières, Louise Michel et Rochefort ne cessèrent de s'échanger, de cage à cage, des lettres, des poèmes. Louise apprit ainsi que Rochefort avait été emprisonné à Versailles avec Théophile Ferré. Moment bienheureux où réapparaissait son amour. Ferré contribua donc, sur la route de la déportation, à nouer entre ces deux êtres que tout semblait éloigner (sinon le culte de la Révolution) une affection indéfectible.

Amitié aussi étonnante que celle nouée à Montmartre entre une misérable institutrice et un médecin bourgeois. Dans ce convoi de réprouvés, la plupart d'origines ouvrières, le marquis Henri de Rochefort-Luçay apparaissait d'une telle extravagance que le commandant du bateau ne tardera pas à l'extraire de la cage des hommes et à entretenir avec lui des rapports cordiaux. Ce qui ne fera que faciliter les rencontres entre Rochefort et Louise. Ce qui permettra aussi à Rochefort, à la fois célèbre et riche, d'acheter aux escales, pour tous les déportés, des fruits et des victuailles.

Dans la cage de fer des femmes, Louise (déportée numéro 2182) retrouve une communarde qu'elle avait déjà remarquée dans les prisons de Versailles : Nathalie Lemel. Le rôle de Nathalie Lemel pendant la Commune avait été infiniment plus important que celui de Louise Michel. Avec Elisabeth Dmitrieff, elle avait participé à la vie des clubs, dirigé

« l'Union des femmes pour la défense de Paris et les soins aux blessés ». Bretonne, travaillant dans des ateliers de reliure, affiliée à l'Internationale, Nathalie Lemel avait une maturité politique qui opérera sur Louise un mûrissement capital. Henri Rochefort dira de Nathalie Lemel : « Une des plus belles et des plus fortes intelligences que j'aie connues. »

Nathalie s'était battue sur les barricades des Batignolles et de la place Pigalle. Arrêtée, elle avait tenté de se suicider. Comme Louise, Nathalie tint tête aux juges du conseil de guerre, assuma la responsabilité de ses actes, refusa tout recours en grâce.

Nathalie et Louise avaient à peu près le même âge. Louise, beaucoup plus robuste, paraissait plus jeune. Près du hamac où Nathalie se tenait le plus souvent alitée, Louise poursuivra, pendant les quatre mois du voyage, des conversations qui bouleverseront sa vision politique jusqu'alors plus instinctive que raisonnée.

On a fait de Louise l'anarchiste type de la Commune de Paris. Or, pendant la Commune, Louise n'était pas anarchiste, mais blanquiste, comme son cher Théophile Ferré. Si un grand élan libertaire animait la Commune, les militants anarchistes y furent néanmoins tout à fait minoritaires au sein des conseils. En réalité, les blanquistes extrémistes et intolérants, les marxistes plus raisonneurs (ce qui ne veut pas dire raisonnables), les anarchistes généreux et indisciplinés, ne cessèrent de se quereller jusque dans les heures ultimes des derniers combats. Ces disputes, ces rivalités, ces utopies, conduisirent Nathalie Lemel à penser que tout pouvoir est maudit. Louise Michel avait sans doute été anarchiste d'instinct pendant la Commune. Grâce à ses réflexions avec Nathalie Lemel, elle va devenir une anarchiste consciente.

Elle se souvenait de ces écoles professionnelles de la rue Hautefeuille, dans les derniers jours de l'Empire, où Jules Favre et Jules Simon, professeurs bénévoles, étaient tant aimés.

Devenu ministre des Affaires étrangères du gouvernement de la Défense nationale, Jules Favre n'avait-il pas serré sur sa poitrine les futurs communards : Ferré, Rigault[15] et Louise Michel, les appelant ses « chers enfants » ?

« Ce même Jules Favre, écrit Louise Michel dans ses *Mémoires*, qui trempa dans l'égorgement de Paris, parce que le pouvoir l'avait empoisonné, ce même Jules Favre nous l'avions aimé comme un père et il était avec nous d'une bonté paternelle.

« Combien de fois, sous prétexte qu'il était notre Président, je lui conduisis des gens qui avaient besoin d'une consultation d'avocat et ne pouvaient le payer.

« Nul bandit qui n'aurait pu être un honnête homme ! Nul honnête homme qui ne soit capable de commettre des crimes dans les affolements où jettent les affolements du vieux monde maudit.

« Il fallait regarder en face l'échec de la Commune. Et c'est durant ce voyage que je suis devenue anarchiste.

« J'avais vu à l'œuvre mes amis de la Commune, si honnêtes qu'en craignant d'être terribles, ils ne furent énergiques que pour jeter leurs vies. J'en vins rapidement à être convaincue que les honnêtes gens au pouvoir sont aussi incapables que les malhonnêtes sont nuisibles. Il est donc impossible que la liberté s'allie jamais avec un pouvoir quelconque.

« Si un pouvoir quelconque pouvait faire quelque chose, c'eût été la Commune, composée d'hommes d'intelligence, de courage, d'une incroyable honnêteté... Le pouvoir, incontestablement, les annihila... C'est que le pouvoir est maudit, et c'est pour cela que je suis anarchiste. »

Anarchiste, donc, pas seulement par opposition au pouvoir « bourgeois », mais en opposition à tout pouvoir, de droite ou de gauche.

L'échec de la Commune ? La légende veut que Paris se soit alors dressé tout entier contre la France capitularde. Hélas, il n'en fut rien. La population parisienne ne s'insurgea pas, unanime, contre Versailles. La Commune ne fut que le défi grandiose d'une minorité. La majorité resta passive face aux communards, lorsqu'elle ne leur montra pas une sournoise hostilité. Et même parmi les deux cent mille gardes nationaux, vingt-cinq mille seulement répondirent à l'appel et se rendirent aux tranchées. En mai, ils n'étaient plus que dix mille. Les autres se promenaient, traînaient aux terrasses des cafés, tout en touchant leur solde. Pendant la Semaine sanglante, combien de gardes nationaux en armes ? Peut-être trois mille ?

L'échec de la Commune ? Louise Michel et Nathalie Lemel ressassaient leurs souvenirs. Tant d'espoir, tant de dévouement, tant d'idéal et, maintenant, cette désespérance. Tant de personnages extraordinaires, qui ne se savaient pas exceptionnels, qui vivaient seulement à leur manière, qui ne pouvaient vivre autrement. La Cecilia [16], professeur de sanscrit polyglotte, devenu chef d'état-major d'Eudes et qui organisa le dernier combat à la mairie de Montmartre. Maxime Lisbonne [17], directeur du théâtre Les Folies Saint-Antoine, qui dressa le drapeau rouge sur l'Hôtel de Ville, colonel de la 10e région, juché sur un cheval de labour. Blessé, prisonnier, condamné aux travaux forcés à perpétuité.

Certains déportés étaient en effet condamnés aux travaux forcés et mélangés aux droit commun. D'autres, et c'était le cas de Louise Michel, de Nathalie Lemel, de Rochefort, à la déportation simple.

Libres dans leurs camps, ils devaient toutefois subvenir à leurs besoins.

Louise Michel et Nathalie Lemel cohabitaient dans une même case. Mais alors que Nathalie, malade, sombre dans une sorte d'apathie, Louise s'intéresse très vite à la flore et à la faune de l'île, fait pousser des plantes, adopte des animaux. Et sa vocation d'enseignante lui revient à propos des indigènes qu'elle découvre et dont personne ne se soucie. Ne pourrait-on pas apprendre à lire et à écrire aux Canaques ? Une pareille initiative n'était du goût ni des administrateurs de la colonie ni des déportés qui partageaient presque tous les préjugés des colons vis-à-vis des « sauvages ».

Puisque les déportés de la Commune devaient demeurer dans l'île à perpétuité, l'administration encouragea les épouses restées en France à venir avec leurs enfants rejoindre les maris. Manière d'assurer le peuplement européen de la Nouvelle-Calédonie. Cette arrivée d'enfants fut pour Louise une aubaine. Mais il lui fallait un minimum d'argent pour ouvrir une école et acheter des livres. Intarissable épistolière, nullement découragée par les six ou huit mois nécessaires pour recevoir de France une réponse à ses lettres, elle écrivit d'abord à son cher Victor Hugo, qui lui envoya un poème, mais pas d'argent. Par contre, le fidèle Mauté de Fleurville lui expédia un exemplaire des *Contes d'enfants*, écrits par Louise en prison et qu'il avait édités à ses frais. Apprenant que Clemenceau renouait avec l'activité politique, elle le sollicita aussitôt et Georges lui adressa un premier secours. Pendant tout son séjour en Nouvelle-Calédonie, Louise ne cessera de s'adresser à Georges, opportunément retrouvé, et celui-ci s'efforcera toujours de l'aider.

Grâce à la réputation d'intégrité républicaine de son père, Georges Clemenceau avait pu reprendre pied à Paris, à la fois comme médecin et comme conseiller municipal. Elu parmi les vingt radicaux, dans le quartier Clignancourt, le 30 juillet 1871, dès le mois de novembre un officier l'accuse d'avoir approuvé la fusillade des généraux Lecomte et Thomas. Il se bat en duel, blesse l'officier d'une balle dans la cuisse et écope de quinze jours de prison puisque le duel est interdit.

L'année suivante, Jules Ferry dénonce Clemenceau à l'Assemblée nationale comme responsable du rapt par les communards des canons de Montmartre [18]. En 1874, on l'accuse d'avoir dilapidé les fonds publics pendant la Commune. On se souvient de sa prodigalité en faveur de Louise Michel, générosité hier, malversation aujourd'hui ! Décidément, la Commune colle à la peau de l'ancien maire de Montmartre.

Alors que la Commune et l'atroce répression qui s'ensuivit engendrent la peur, Clemenceau recommence sa carrière politique en brandissant la Commune comme un défi.

Elu député radical, le 20 février 1876, Clemenceau s'écrie lors d'un banquet :

« Citoyens, j'ai fait tout mon possible pour arrêter l'effusion de sang en 1871... Si le gouvernement d'alors avait franchement déclaré la République, les incendies et les exécutions de toutes sortes, des prêtres, des soldats, ne se seraient pas accomplis. Tous ces malheureux qui sont loin de nous et qui ont combattu étaient sincères, car ils croyaient que la République était en danger. »

Tous ces malheureux qui sont loin de nous... Contrairement à ses collègues qui n'ont plus aucun contact avec les communards exilés, si jamais ils en ont eu, Clemenceau correspond régulièrement avec Louise Michel. Il sait tout ce qui se passe dans la communauté des déportés. Il a appris l'évasion d'Henri Rochefort qui, grâce à sa fortune, a pu acheter la complicité d'un capitaine de vaisseau anglais, Rochefort qui n'a pas oublié ses compagnons d'exil, mais qui a échoué dans sa tentative de monter une expédition libératrice à Nouméa, avec le concours de Garibaldi. Il sait aussi que, depuis l'évasion de Rochefort, la situation des déportés s'est aggravée, que leur liberté relative est maintenant très contrôlée. Il sait que la bonté de Louise, son dévouement, lui donnent en Nouvelle-Calédonie une aura qui ne cessera de grandir et que son influence sur ses camarades de relégation est de plus en plus grande. Elle est maintenant devenue, dans l'exil, l'âme de la Commune.

Sa charité, que connaît bien Clemenceau, s'exerce avec une telle ampleur qu'elle y apparaît comme une sainte laïque. L'argent que lui envoie Georges est aussitôt distribué. Elle offre les livres reçus de France, comme ses vêtements, son linge, ses chaussures. Vêtue d'une camisole et d'un jupon, chaussée de savates ou pieds nus, elle apprend à lire aux enfants des déportés, soigne les malades, assiste les mourants. Même les surveillants, qui l'ont étiquetée « forte tête », s'émerveillent de sa charité. Si bien qu'un rapport de police établi à Paris spécifie : « Les gens de l'administration la regardent comme une sainte. »

Revenu vivre à Montmartre, quartier pauvre, très ébranlé par la Commune et la répression, où vivaient de nombreux parents de condamnés et de déportés, Georges Clemenceau y avait ouvert un dispensaire sur la Butte, 23, rue des Trois-Frères, au fond d'une cour. Il y recevait, a-t-il dit, « une clientèle d'éclopés, de souffreteux et de misérables de toutes les misères... J'ai vu là, dans l'espace de quelques années, tout ce qu'on peut voir des infirmités, des souffrances d'ici-bas... Les courses dans les pires quartiers de la Butte, ces séjours pourtant si rapides dans les cellules malsaines de ces ruches empestées où s'entassent, sous les miasmes de tous les détritus, tant de familles ouvrières qui ne quittent les germes de la mort de l'atelier que pour l'infection de l'affreux logis ».

Cette pratique de la médecine des pauvres le conduira, en tant que député, à toujours mêler son expérience médicale à la réforme sociale et à la médecine du travail.

Mais la liberté est la préoccupation première de Georges Clemenceau : liberté de la presse, de réunion, d'association. Beaucoup de ses propositions de député reprennent les principes de la Commune : décentralisation, séparation de l'Eglise et de l'Etat, instruction primaire obligatoire, laïque et gratuite. Un des seuls élus à ajouter : suppression de la peine de mort.

L'amnistie pour les condamnés de la Commune devient vite l'une de ses préoccupations essentielles. L'amnistie qui permettrait de faire revenir à Montmartre cette incroyable Louise vers laquelle le portait une affection de plus en plus vive.

Après avoir formé, en 1878, un groupe parlementaire d'extrême gauche qu'il intitulera « radical-socialiste », Clemenceau, l'année suivante, à la Chambre des députés, comme Victor Hugo au Sénat, soutiendra un projet de loi pour l'amnistie plénière. Et alors que Blanqui, toujours incarcéré à Clairvaux, est inéligible, il présente sa candidature comme député radical. Gracié le 7 juin 1879 par le président de la République Jules Grévy, qui a enfin déménagé de Versailles le Parlement pour le réinstaller à Paris, la libération de Blanqui va anticiper d'une année l'amnistie des condamnés de la Commune.

En Nouvelle-Calédonie, passée conformément à la loi, après cinq ans de déportation, dans la catégorie des déportés libres de choisir leur résidence dans l'île, Louise Michel s'était installée à Nouméa pour y ouvrir une plus grande école. Son enseignement ayant fait l'admiration générale, le maire de Nouméa lui offrit un poste de professeur de dessin et de musique dans l'école communale pour sept cent vingt francs annuels. Voilà Louise qui se croit riche et qui met au point une méthode pour apprendre la lecture aux Canaques. Car les Canaques sont devenus l'une de ses préoccupations majeures. Elle a gagné leur confiance et ils la reçoivent dans leurs villages de la brousse.

Sa condamnation à perpétuité dans une enceinte fortifiée commuée en dix ans de bannissement, elle s'indigne de cette remise de peine. Et puisque Clemenceau lui parle d'amnistie, elle refuse, sauf s'il s'agit d'une amnistie pour tous.

En 1879, Jules Grévy gracie trois mille trois cents

condamnés. Les premiers convois arrivent à Port-Vendres en septembre. Clemenceau s'étonne que tant d'hommes d'honneur aient été exclus de cette grâce, alors que reviennent des repris de justice englobés par les conseils de guerre parmi les communards. Grévy répond que certains déportés ont refusé la grâce.

« Pourquoi voulez-vous, réplique Clemenceau, que ceux qui en ont été frappés oublient les horreurs de la répression ? Vous dites : Nous, nous n'oublions pas ; si vous n'oubliez rien, vos adversaires se souviendront. »

Comme les déportés les plus âgés ont été rapatriés, Louise Michel s'en inquiète auprès de Clemenceau :

« Vous avez déjà vu le doyen de la déportation, le père Malézieux[19]. Voici un autre ban de vieillards. Que vont-ils devenir ? Est-ce que, dans Paris, ils trouveront du travail en proportion de leur âge et de leurs forces ? Est-ce que notre République ouvrira même Bicêtre aux vieillards de la déportation ? »

Les lettres entre Louise et Georges sont de plus en plus nombreuses. Le 29 mai 1879, elle le félicite de son énergie pour la cause démocratique « à un moment où la tiédeur et les accommodements... sont si fort à la mode ».

Le 15 juin, elle lui écrit en faveur des enfants de déportés :

« Cher citoyen Clemenceau. Je ne vous demande

pas excuse de vous adresser ainsi les enfants des déportés car je sais que vous faites pour eux tout ce qui est en votre pouvoir. »

Les lettres de Louise à Georges sont parfois quotidiennes. Elle conclut sa lettre du 16 juin par cette curieuse expression :

« Je vous serre la main de tout mon cœur. »

Le 18, elle s'inquiète, une fois de plus, du risque d'être amnistiée par une faveur particulière :

« Nous ne partirons d'ici qu'avec une *amnistie générale* qui ouvre à nos amis de l'île Nou la porte du bagne. »

Le 4 septembre :

« Je ne retourne pas tant qu'il reste ici un seul des nôtres... Tout dépend du ministre des Finances auquel vous, comme député, vous pouvez facilement imposer votre volonté dans un moment où il s'agit d'avoir pour la colonie un agent libéral et républicain. La lutte des idées étant fortement engagée dans la colonie qui doit ou recevoir un élan ou achever de s'éteindre. »

Il lui arrive aussi de s'étonner que son ami Clemenceau puisse supporter des relations politiques aussi faisandées. Puisqu'elle le sait son ami, puisqu'elle sait qu'il conserve l'idéal de la Commune, que n'abandonne-t-il pas les fatales compromissions politiques pour venir vivre en Nouvelle-Calédonie avec les purs :

« Se peut-il, lui écrit-elle le 15 octobre, que vous supportiez l'avilissement du gouvernement Grévy ; cette République qui porte un masque d'honnêteté sur son visage de prostituée me fait horreur... Ces choses sont déplorables et je regarde la France avec ma vieille expérience de sept ans en Calédonie comme une nation pourrie, aussi incapable d'avoir une vraie république que la Rome des Césars...

« J'aimerais mieux aller me réchauffer le cœur aux idées qui flambent en Russie. Je n'ai jamais fait de la révolution en amateur, mais pour tout de bon, et la France me fait horreur et dégoût... Tâchez de galvaniser ce cadavre. Mais je crois la décomposition trop complète...

« Je préférerais vous voir tous où nous sommes, que parmi ces idiots et ces lâches qui n'ont jamais pris une mesure large ni un parti franc. Quand auront-ils fini d'embonaparter le peuple ? En supposant qu'il y ait encore un peuple. »

Le nihilisme russe s'est introduit dans la pensée de Louise Michel. Avec Nathalie Lemel et quelques autres déportés, elle anime en effet un groupe d'études axé sur la pensée de Bakounine, mort récemment à Berne, en 1876, désespéré par la montée du socialisme autoritaire de Karl Marx. Ses convictions anarchistes se font de plus en plus précises. Elle répète : « Le pouvoir stérilise les meilleurs. »

En France, des listes circulent, demandant l'amnistie pour Louise Michel, « l'héroïne de la Commune ». Des journaux ouvrent des souscriptions. A Londres, les réfugiés ex-communards, comme Vallès et Lissagaray, organisent des quêtes en sa faveur.

Louise Michel devenue un mythe... Grâce à Hugo, à Rochefort, à Clemenceau.

Puisqu'elle sait que Clemenceau multiplie les démarches pour sa libération, elle écrit au président de la République, désavouant toute requête qui serait présentée en sa faveur.

Et elle lance à Clemenceau :

« Je voudrais vous voir prendre la tête d'une révolution et non d'une opposition qui suppose la conversation. »

Lucide, Louise. Lucide. Sa langue jamais dans sa poche.

Quoi qu'il en soit, le 16 octobre 1879, le ministère de la Guerre notifie à Louise Michel sa remise de peine. Elle n'en tient aucun compte et attend la promulgation de l'amnistie pour tous.

Le 22 janvier 1880 cette amnistie totale est encore repoussée à la Chambre par trois cent seize voix contre cent quinze. Quatre mois plus tard, par un curieux renversement dû à l'action des radicaux de gauche comme Clemenceau, entraînant l'adhésion tardive des radicaux de droite comme Gambetta, l'amnistie générale était votée par trois cent douze voix contre cent trente-six.

Louise hésite. Elle s'est habituée à la Nouvelle-Calédonie et a promis aux Canaques de ne jamais les abandonner. Elle apprend alors que sa mère vient d'être victime d'une attaque de paralysie. Elle se précipite, par le premier bateau.

III

LE 9 novembre 1880, à dix heures du matin, gare Saint-Lazare, à Paris, Louise Michel descend d'un wagon de troisième classe. Bien que le préfet de police ait interdit l'accès de la place du Havre, une telle foule est accourue que, sur le quai, malgré le barrage policier, deux cents personnes guettent l'arrivée de la communarde.

Elle apparaît bientôt, de noir vêtue, coiffée d'un petit chapeau cabossé orné d'œillets rouges. Elle a déjà cinquante ans. Ses traits se sont durcis. Les combats de la Commune, la prison, l'exil, ont donné à son visage osseux une rigidité qui accentue sa prétendue laideur. Car Louise n'est pas si laide qu'elle se complaît à le dire. Elle montre, il est vrai, un air martial peu féminin. L'indifférence qu'elle porte à sa toilette est outrée. Et le sera de plus en plus. Toujours Louise exagérera la disgrâce de son visage et le négligé de ses vêtements. Devenue un symbole, un drapeau, elle souligne que ce drapeau est celui de la révolte et du deuil.

Parmi les deux cents personnes qui l'attendent, Nathalie Lemel qui, malade, avait été rapatriée plus tôt. Tous les hommes ont inséré un œillet rouge à leur boutonnière. Et dans cette foule prolétarienne à casquettes, à fichus, à bourgerons, deux individus en redingote et haut-de-forme : le bourgeois Clemenceau et l'aristocrate Rochefort. Ses deux indéfectibles amis, qu'elle embrasse.

Au Havre, Marie Ferré, la sœur de Théophile, l'avait rejointe. Ainsi, les témoins de la Commune se tenaient au premier rang. C'est d'ailleurs l'un des plus valeureux combattants, Amilcar Cipriani[20], revenu de Nouvelle-Calédonie avant Louise, qui avait organisé cette grandiose réception, demandant à tous les révolutionnaires de rendre hommage « à la vertu, au dévouement, à la bravoure et au désintéressement personnifiés par cette femme ».

Dans la cohue, Cipriani qui tentait de protéger des brutalités de la police les admiratrices de Louise trop empressées à la couvrir de fleurs, avait été aussitôt arrêté pour outrage à agents. Clemenceau et Rochefort se précipitèrent sans succès au commissariat pour qu'on le relâche. Cipriani, à peine rentré de déportation, sera expulsé.

Il est vrai que, dans la cour de la gare, où des milliers de personnes se bousculent, les cordons de police s'affolent et que Clemenceau et Rochefort ont beaucoup de mal à escorter cette pauvre silhouette noire.

N'est-ce pas eux qui, pendant toute la durée de l'exil de Louise Michel, ont transformé en légende cette militante anonyme de la Commune ! Rochefort, qui a voyagé avec Louise dans la cale du bateau qui les emmenait en Nouvelle-Calédonie, qui l'a vue à l'œuvre dans l'île, ne l'a-t-il pas transformée en « Jeanne d'Arc des barricades » ? Et Victor Hugo n'a-t-il pas magnifié son action dans un si beau poème, la comparant à Judith « la sombre Juive » ? Les journalistes ont fait le reste, lui appliquant des épithètes démesurées : « prêtresse de la Révolution », « prêtresse inspirée », « grand commis voyageur de la Révolution », « grande druidesse de l'anarchie ».

Dans *L'Intransigeant*, Henry Bauer, qui a été déporté aussi en Nouvelle-Calédonie, raconte des anecdotes sur leur vie dans l'île. Une brochure a été publiée sur les répliques de Louise Michel devant le conseil de guerre. Son retour est le grand événement populaire de l'année. Mais, pour l'heure, ce qui importe à Louise c'est de retrouver sa mère, alitée à Conches, près de Lagny. Marie Ferré l'y emmène. Les deux femmes sont suivies, harcelées par les reporters de *L'Evénement*, du *Figaro*, des *Contemporains*. Ils la poursuivent jusque dans la chambre où la malheureuse Marianne est immobilisée. Furieuse, Louise leur lance :

« Si j'avais trouvé ma mère morte, j'aurais tué Gambetta. »

Pourquoi Gambetta, qui a conduit à la loi d'amnistie plénière pour les déportés de la Commune ? Gambetta, radical intransigeant face à l'Empire, principal leader républicain comme Clemenceau ? Mais au contraire de Clemenceau, Gambetta qui a fait élire Jules Grévy à la présidence de la République est un homme de pouvoir. Clemenceau le vomit. Louise participe à ce vomissement.

Les retrouvailles avec Marianne seront courtes. Toutes les organisations extrémistes réclament Louise qui voudrait marquer son retour là où débuta son aventure politique, à Montmartre, le Montmartre de Clemenceau. Mais les anarchistes boudent. Cette amitié entre Louise et Georges ne leur plaît guère. Clemenceau n'est-il pas un bourgeois et un parlementaire ? Bientôt tous les groupes d'extrême gauche, socialistes, marxistes, blanquistes, anarchistes, vont s'arracher Louise Michel, se la disputer et la disputer surtout à ses deux protecteurs trop voyants : Rochefort et Clemenceau.

Louise exige finalement de prendre la parole à l'Elysée-Montmartre. Le 21 novembre, à midi, quatre mille personnes s'agglutinent dans cette salle tapissée de drapeaux rouges et noirs. Louise avait montré beaucoup d'éloquence, durant son procès à Versailles ; mais elle ne s'était encore jamais confrontée à une foule d'auditeurs. C'est à l'Elysée-Montmartre qu'elle commence ses vrais débuts d'oratrice.

Dans sa tenue de veuve, avec son petit chapeau ridicule, cette femme au visage hommasse parle avec une voix étonnamment douce. Surprenante. Le contraste entre son aspect physique et cette voix suave étonne, déconcerte. De plus, cette « pétroleuse » mène son discours avec une diction élégante où apparaissent les manières de l'ancienne demoiselle de château. Mais ce que dit cette voix douce est terrible. Elle annonce le réveil de la révolte provisoirement annihilée par les massacres de la Commune et l'exil des survivants. Elle annonce la Révolution en marche, la vengeance, la table rase du passé, l'aurore sanglante de l'avenir. L'anathème et la prophétie. Jusqu'à la fin de sa vie, elle sera désormais la pythie.

Le lendemain matin, Louise alla déposer les fleurs qu'on lui avait offertes sur la tombe de Théophile Ferré, au cimetière de Levallois. Ferré qu'elle n'oublie pas, qu'elle n'oubliera jamais, dont elle partage le souvenir avec Marie, la sœur du fusillé. Marie qui accueille Louise dans son petit logement de la rue d'Aboukir, lorsque celle-ci doit parler à Paris.

Car, de semaine en semaine, ses discours se succèdent. A Belleville, aux Batignolles pour *La Libre Pensée*, rue Saint-Antoine (qu'elle appelle rue Antoine, par coquetterie anticléricale). Au quartier

Latin, salle des Ecoles, le vieux Blanqui, malade, a tenu à rendre hommage à Louise. « Son nom, dit-il, rehausse la France et fait oublier nos défaites. »

La présence de Blanqui électrise Louise qui lance à ses auditeurs :

« Pourquoi tardez-vous à faire la Révolution ? Faites-la si vous avez du cœur ! »

Elle apostrophe Gambetta qui représente pour elle cette gauche légaliste que les extrémistes ont toujours considérée plus coupable que la droite classique. Près d'elle se tient Eudes, premier commandant des troupes de la Commune, revenu à Paris avec l'amnistie. Eudes, blanquiste comme Ferré. Eudes surenchérit aux diatribes de Louise contre Gambetta, « citoyen, dit-il, que l'on a vu surgir, pauvre, de la foule et qui, après dix années de Parlement, a les poches remplies d'or, et de la graisse à en revendre à tous les charcutiers de Paris ».

Lorsque Henri Rochefort emmène Louise prêcher la bonne parole aux mineurs et rubaniers de Saint-Etienne, elle lui demande :

« Quand voulez-vous que je tue Gambetta ? »

Comme Ferré l'avait dissuadé d'assassiner Thiers, Rochefort lui déconseillera d'exécuter Gambetta.

Cette mégalomanie des assassinats politiques, toujours différés, la fera comparer à Charlotte Corday, mais à « une Charlotte Corday platonique ».

Puisqu'elle s'oppose, comme tous les anarchistes, à la représentation parlementaire, Louise Michel récuse le droit de vote accordé aux femmes. Ce qui conduisit à prétendre qu'elle n'était pas féministe. En réalité, l'amie de Nathalie Lemel et de Marie Ferré, si elle ne revendique jamais la prise du pouvoir par les femmes (puisque adversaire de tout pouvoir), brandira toujours son célibat comme une manière de ne pas être assujettie à un homme :

« Si elles allaient vouloir gouverner ! Soyez tranquilles ! Nous ne sommes pas assez sottes pour cela ! Ce serait faire durer l'autorité, gardez-la afin qu'elle finisse plus vite.

« Pour ma part, camarades, je n'ai jamais voulu être *le potage de l'homme* et je m'en suis allée, à travers la vie, avec la vile multitude, sans donner d'esclaves aux Césars. »

Elle prononce donc à la fois l'éloge du célibat et du malthusianisme. Répète inlassablement dans ses discours :

« Esclave est le prolétaire, esclave entre tous est la femme du prolétaire... Partout l'homme souffre de la société maudite, mais nulle douleur n'est comparable à celle de la femme... Est-ce que vous oserez faire une part pour les droits des femmes, quand hommes et femmes auront conquis les droits de l'humanité ? »

Louise se souvient que la Commune oublia de donner l'égalité aux femmes. Aussi rappelle-t-elle aux militants révolutionnaires, souvent machos, qu'elle est d'abord une femme et entend bien défendre aussi la cause des femmes.

Passant de la théorie à la pratique, elle fonde la Ligue des femmes « pour l'égalité entre les sexes, à la maison et au travail ». Même salaire pour tous, à travail égal, réclame-t-elle. Répondant à son appel, les blanchisseuses font grève. Elle leur donne aussitôt l'argent gagné par ses conférences.

Car Louise qui attire tellement d'auditeurs à ses conférences aux entrées payantes est vite accusée de s'enrichir sur le dos des révolutionnaires. N'aurait-elle pas reçu mille cinq cents francs pour ses discours à Bruxelles ? (Le salaire annuel d'un instituteur !) Rochefort prend aussitôt sa défense en répliquant que ces mille cinq cents francs ont été entièrement distribués aux proscrits, aux mineurs du Borinage, à la presse socialiste d'Anvers, aux prévenus de Châlons, etc.

Dans ses *Mémoires* Louise Michel s'est aussi expliquée sur l'origine de ses ressources. Car elle a beau se complaire à vivre miteusement, il lui faut néanmoins un minimum de revenus ne serait-ce que pour entretenir sa mère infirme. De son retour de déportation jusqu'à sa mort, Louise Michel n'occupera plus aucun emploi, n'exercera plus aucun métier, sinon celui de conférencière et d'écrivain aux droits d'auteur infimes.

« Où avais-je l'argent des voyages ? Que faisais-je des recettes ? L'argent des voyages, quand il n'était pas fourni par le groupe qui me demandait, c'était Rochefort qui me le prêtait et je ne lui rendais jamais. »

Puisque Rochefort est riche, elle ne cessera de taper le complaisant marquis rouge. Finalement Rochefort trouva plus simple d'entretenir complètement Louise en lui versant une pension de cent cinquante francs par mois. (Le salaire d'une vendeuse dans un grand magasin[21].) Jusqu'à la fin de sa vie, Louise sera la perpétuelle débitrice de Rochefort qui, outre la modique pension qu'il lui versait, se voyait souvent assailli de demandes de secours pour des infortunés par sa prodigue amie.

Le retour en France de Louise Michel relance l'esprit de la Commune. Non seulement Eudes est revenu de l'exil londonien, mais aussi Lissagaray, Charles Longuet[22], Paul Lafargue[23], Vaillant, Vallès. Mais pas La Cecilia, mort en Egypte en 1878, deux ans avant l'amnistie. Avec l'ancêtre Blanqui, toute une équipe d'extrême gauche se reforme autour de Louise Michel. Et autour de Clemenceau.

Car Clemenceau, leader incontesté de l'opposition parlementaire d'extrême gauche (néanmoins aussi légaliste que Gambetta), au sommet de sa puissance journalistique, invite les anciens exilés de la Commune à collaborer à son journal *La Justice*, dont le secrétaire de rédaction, Victor Jaclard (1840-1903), blanquiste, affilié à l'Internationale, est un ancien combattant des barricades des Batignolles et du Château-d'Eau.

C'est ainsi que Jules Vallès avait publié en feuilleton dans le journal de Clemenceau le récit d'une révolte paysanne au pays de Buzançais en 1847 : *Les Blouses*. C'est ainsi que le proudhonien Charles Longuet, qui avait épousé à Londres, en 1873, Jenny, la fille aînée de Karl Marx, donne lui aussi des articles à *La Justice*.

Pendant la Commune, nous l'avons vu, Clemenceau et Vallès s'étaient non seulement rencontrés, mais ils partageaient une même défiance à l'encontre des ultras de la Commune. Anti-jacobin, anti-autoritaire, ni blanquiste ni marxiste, plutôt proudhonien, Vallès disait qu'il ne voulait être ni « séminariste rouge » ni « calotin de la démocratie ». Il désignait la Commune comme la « grande fédération des douleurs ». Il ne croyait guère non plus au nouveau radicalisme, « fût-il de Clemenceau ».

Pourtant Vallès conservera toujours (à sa droite) son amitié pour Clemenceau et (à sa gauche) pour Louise Michel. Amitié partagée de part et d'autre. Clemenceau, en janvier 1880, était allé à Bruxelles rencontrer Vallès toujours proscrit, pour lui demander de collaborer à *La Justice*. Et Vallès pouvait dire de Clemenceau, ce qu'il disait de Zola : « Vous n'êtes pas de ceux qui ont peur d'écrire aux vaincus. »

Lorsque Jules Vallès, amnistié, arriva à la gare Saint-Lazare, le 13 juillet 1880, Clemenceau vint l'accueillir, comme il viendra, quatre mois plus tard, accueillir Louise Michel.

Le 5 août 1881, Jules Vallès, refusant de se présenter à la députation d'un quartier de Paris, déclarera :

« J'aime mieux être le porte-parole du passé. Je veux être l'historien de la grande foule anonyme qui se révolte et fut écrasée en 1871. Je serai le député des fusillés. »

Vallès, qui estimait peu Lissagaray, n'avait frayé à Londres ni avec les blanquistes ni avec les marxistes, se méfiant de Karl Marx qui lui paraissait « louche ». Cette méfiance, Clemenceau la partageait. En 1880 Clemenceau rencontrera toutefois Marx à Londres, par l'intermédiaire du gendre de celui-ci, Charles Longuet. Mais leurs entretiens ne débouchèrent sur rien. Non seulement Longuet ne l'entraînera pas vers le marxisme, mais c'est Clemenceau qui convertira Longuet au radical-socialisme. Sous-estimant Marx, Clemenceau n'en parlera jamais et aucun des ouvrages de l'auteur du *Capital* ne figurera dans sa bibliothèque, alors que l'on y comptait seize livres ou brochures de Proudhon.

Jean-Baptiste Duroselle, dans sa monumentale biographie de Clemenceau, montre Georges « disciple de l'intransigeante Louise Michel ». Aussi admiratif que fût Georges pour Louise, aussi affectueux, il paraît exagéré d'en faire son disciple. Pour Georges, Louise représentait bien plus qu'un modèle. C'était l'incarnation de l'éternelle révolte des gueux, l'image même de la Révolution que, à ses côtés, il avait vu s'allumer à Montmartre. Non, Georges Clemenceau n'avait qu'un maître, n'aura toujours qu'un seul maître : l'irréductible Blanqui.

Blanqui, condamné lui aussi à la déportation en Nouvelle-Calédonie, était resté emprisonné à Clairvaux, en raison de sa santé précaire. Gracié en juin 1879, il avait séjourné trente-sept ans dans diverses prisons, ce qui constitue, encore aujourd'hui, le record absolu en France d'incarcération pour motif politique.

Depuis sa libération, il publiait avec Eudes une gazette intitulée *Ni Dieu ni maître*.

Le 1er janvier 1881, épuisé par les épreuves et les privations, Blanqui mourait 25, boulevard d'Italie (devenu boulevard Blanqui).

Aussitôt Louise Michel décida de faire des obsèques de Blanqui, fixées au 4 janvier, une manifestation grandiose. Elle bat le rappel de Clemenceau, de

Rochefort, de Vallès, d'Eudes, de Lissagaray. Tous les survivants de la Commune seront là, à l'exception de Clemenceau, en voyage à Hyères. Du boulevard d'Italie au Père-Lachaise, en passant par la place de la Bastille, le corbillard de cinquième classe est escorté par une foule estimée à deux cent mille personnes.

Au cimetière, près de la fosse ouverte, Louise apparaît, dramatique dans son long voile de veuve et déclame une étrange prosopopée, sans doute son poème le plus percutant :

Nous te saluons, Blanqui,
Au nom du monde,
Au nom de la Révolution sociale de Russie, plus forte que la nôtre,
Au nom de nos morts de 1871,
Au nom de Rigault,
Au nom de Ferré,
Au nom de la France, qui ne souhaite qu'une chose : qu'on la délivre de la tyrannie, qu'elle s'appelle Empire ou opportunisme.

Comme Cipriani, expulsé de France, n'a pu assister aux obsèques, elle lui envoie des nouvelles des funérailles, en vers, bien sûr :

La mort, après dix ans de bagne,
A pris le vieux de la montagne...

C'était le père de l'émeute
Et nous sommes les émeutiers.

L'allusion à la révolution en Russie, dans son discours pour Blanqui, est un salut aux nihilistes.

Déjà, dans une lettre à Clemenceau, de Nouméa, elle disait son espoir dans le nihilisme russe. Elle ne cessera désormais de l'invoquer :

« Nihilistes, mes frères, vous êtes vengés. Sur vos gibets plane la liberté. Russie, nous te saluons. »

En juillet 1881, au congrès international anarchiste de Londres, Louise Michel rencontre Pierre Kropotkine[24], qui en assure la présidence. L'influence de ce dernier va désormais jouer un rôle capital dans l'évolution politique de Louise.

Le 22 décembre 1880, dans *Le Révolté*, Kropotkine avait préconisé de répondre à la terreur par la terreur. « Tout est bon pour nous qui n'est pas la légalité, écrivait-il. La révolte par l'écrit, par le poignard, le fusil, la dynamite. »

A Londres, où cinquante-six fédérations anarchistes, de treize pays, sont réunies, Louise Michel approuve la nouvelle ligne définie par Kropotkine :

« Considérant que l'époque d'une révolution générale n'est pas éloignée, il nous faut propager par des actes l'idée révolutionnaire ; porter notre action sur le terrain de l'illégalité, qui est la seule voie menant à la révolution. »

Et elle recommandait l'étude des sciences chimiques pour, le jour venu, fabriquer des bombes, inaugurant donc, en théorie, l'ère des attentats qui n'était plus si lointaine.

Désormais, le mouvement anarchiste (certains diront « le parti ») va se distinguer des autres socialismes. Le Parti des travailleurs socialistes de France, fondé par un ancien anarchiste, Jules Guesde[25], et par Paul Lafargue, second gendre de Marx, dont il a épousé la fille cadette, Laura, sera résolument marxiste. Mais on n'employait pas alors ce terme. Le parti de Guesde et de Lafargue se dira collectiviste et s'opposera à la fois aux radicaux de Clemenceau et aux anarchistes.

Guesde et Lafargue s'efforceront de reconstituer un Parti ouvrier français, conscients que la classe ouvrière a été décapitée par les massacres de 1871. Les historiens de la Commune de Paris n'ont guère retenu que les actions et les noms des intellectuels, alors que la majorité des communards étaient des ouvriers. Peu instruits, peu éloquents, leurs voix n'ont pas été entendues dans les procès. Qui sait que parmi les dirigeants de la Commune se trouvaient cinq cordonniers ? Les savetiers-cordonniers ont fourni le plus fort contingent des condamnés et des déportés. L'industrie de la cordonnerie perdit, du fait de la répression, douze mille ouvriers tués, emprisonnés, en fuite. On comptait dans les rangs des communards trois mille cinquante-neuf ouvriers du bâtiment, deux mille six cent soixante-dix-sept ouvriers du bois (menuisiers, charpentiers, ébénistes), deux mille six cent soixante-quatre serruriers-mécaniciens, huit cent dix-neuf typographes.

Alors que les anarchistes, Louise Michel en tête, vont se laisser porter par la légende héroïque de la Commune, Guesde et Lafargue travaillent à la base. Et bien qu'ils s'opposent au Parti radical, ils n'en rêvent pas moins de légalité, aspirent à la députation.

Les radicaux, pendant longtemps, se distinguèrent mal de ces socialistes apparus à leur gauche et dont ils refusèrent de se séparer, le parti de Clemenceau se disant, on le sait, « radical-socialiste ». Et si l'on boudait Gambetta dans les milieux révolutionnaires à cause notamment de son éloquence grandiloquente (« artiste et cabotin du verbe ») on approuvait le langage précis de Clemenceau.

En cette même année 1880, Emile Zola, qui publie *Nana*, dit de Clemenceau, qu'il oppose lui aussi à Gambetta :

« Celui-là est un esprit scientifique de la plus réelle valeur. Il marche avec le siècle, je le mets, parmi les hommes nouveaux, au premier rang. »

Bien que se situant aux extrêmes du Parti radical, Louise Michel n'en conservait pas moins toute son estime et son amitié pour Clemenceau. Elle savait que Georges était, avant tout, un défenseur de la liberté.

« Il aura fondé définitivement la liberté, écrit Clemenceau, le gouvernement qui aura le courage de briser les armes de la répression pour se confier à la liberté. »

Quelle liberté ? D'abord liberté absolue de la presse :

« Je réponds que la République ne meurt pas de liberté, mais de répression. »

Son programme politique est sans ambiguïté :

« Le but que nous nous proposons, c'est l'accomplissement de la grande rénovation de 1789, inaugurée par la bourgeoisie française et abandonnée par elle avant son achèvement. »

Clemenceau s'élève contre le délit d'opinion. Il demande que la liberté individuelle, de réunion, d'association soit garantie par la Constitution et que soit abrogée la loi contre l'Association internationale des travailleurs. En 1884, il votera la loi sur la liberté syndicale, tempêtera à la Chambre pour que soit réduite la durée de la journée de travail ; pour que les enfants de moins de quatorze ans ne soient plus employés dans les mines, les usines, les ateliers ; pour que des caisses de retraite soient instituées pour les vieillards et les invalides. Il s'obstine à réclamer l'abolition de la peine de mort.

Et si Clemenceau fut toujours un artisan de la laïcité, et donc de l'école laïque, il n'en refusait pas moins, au nom de la liberté, que soient interdites les écoles confessionnelles.

« Je désapprouve ce que vous dites, mais je défendrai jusqu'à la mort votre droit à le dire », écrivait Voltaire.

Il y a chez Clemenceau un esprit libertaire qui ne peut que le rapprocher de Louise Michel.

Ce que confirme Gustave Geoffroy, disciple et ami de Clemenceau, évoquant le père de Georges, le docteur Benjamin Clemenceau :

« Il me paraît certain qu'il a transmis à son fils aîné son don d'observation désabusée, qu'il a créé en lui cette philosophie anarchisante dont il était possédé et qu'il exerçait à peu près contre toutes les institutions humaines et divines. »

Kropotkine, le nouvel ami, le nouveau modèle de Louise Michel, n'a-t-il pas dans ses Mémoires : *Autour d'une vie*, montré pour Clemenceau à la fois sympathie et reconnaissance ?

« On sait très bien, écrit-il, que la restauration de la monarchie des Bourbons en France fut sur le point de devenir un fait accompli. Le maréchal Mac-Mahon ne fut maintenu comme président de la République que pour préparer une restauration monarchique. Le jour même de l'entrée solennelle de Henri V à Paris était fixé et les caparaçons des chevaux, ornés de la couronne et du chiffre du prétendant, étaient déjà prêts. On sait aussi que ce projet de restauration ne fut empêché que parce que Gambetta et Clemenceau – l'opportuniste et le radical – avaient couvert une grande partie de la France de comités armés et prêts à se soulever contre toute tentative de coup d'Etat. »

Plus tard, emprisonné à Clairvaux, et parlant de la brutalité des gardiens, Kropotkine dira que tout s'était arrangé car l'administration « ne tenait pas à s'attirer les foudres de Rochefort ou les critiques cinglantes de Clemenceau ».

La troisième République commence vraiment mal et avec les pires ennemis de la Commune : Adolphe Thiers et Mac-Mahon, comme premiers Présidents. De cette République bourgeoise, dont le principal objectif consiste à sauver ses meubles en résistant aux assauts monarchiques, Clemenceau sera donc, dès ses premières assises, un redoutable ennemi. Adversaire du grand ministère d'union républicaine que cherche à monter Gambetta, en 1881, dont il a perçu le caractère neutralisant, il s'oppose à Gambetta comme il s'opposera aux trois Jules, inamovibles partenaires de cette République qu'il accuse avec raison de vivre sur les dépouilles de la Commune.

Débarrassé de Gambetta, qui meurt en 1882 en se blessant accidentellement avec une arme à feu, il s'en prend à Jules Ferry auquel il ne pardonnera jamais d'avoir abdiqué devant les Prussiens, abandonnant la ville de Paris à la misère et à la révolte.

La troisième République, qui a hissé au pouvoir tous les adversaires de la Commune, n'aura de cesse d'effacer cette tache sanglante sur son drapeau, tout comme elle fera disparaître des livres scolaires, sous prétexte d'anticléricalisme, le massacre de la Vendée par la première République. Le Vendéen Clemenceau n'est pas dupe. Bien qu'appartenant à une très vieille famille vendéenne républicaine (son arrière-grand-père, Pierre-Paul Clemenceau (1749-1822) s'était engagé comme médecin dans l'armée de la Convention), Georges ne se sentait pas moins lié au passé fabuleux de la Vendée du bocage, qu'elle soit blanche ou bleue.

« Ce peuple vendéen, disait-il dans sa vieillesse, il a quelque chose de sauvage et de buté, qui me plaît... Chaque fois que j'ai eu à résoudre un problème majeur ou affronter une grande crise je suis revenu au pays natal... Oui, je suis resté vendéen, profondément... J'ai toujours été frappé par la faculté qu'a ce pays d'engendrer des gens fabuleux, des mélanges de monstres et de surhommes, comme il n'en sort pas un tous les deux siècles en Europe. »

Certes sa famille de double souche vendéenne n'était pas royaliste et n'allait pas à la messe le dimanche, ce qui constituait alors une sulfureuse anomalie. Clemenceau se dira toujours attaché à ce qu'il appelait « l'heureuse terre qui fait l'extrémité occidentale du continent d'Europe ». Jusqu'à son divorce, en 1892, il prendra souvent le chemin de fer, de Paris à Chantonnay pour rendre visite à sa femme et à ses enfants qui vivaient à L'Aubraie.

Son origine rurale, sa familiarité avec la population villageoise du Bocage, le pousseront à se préoccuper d'une meilleure organisation de la vie agricole. Dans son programme aux élections législatives ne préconisera-t-il pas la création d'un Crédit agricole et d'un ministère de l'Agriculture, dont le premier titulaire, en 1883, sera un quatrième Jules : Méline (1838-1925) ?

A la Chambre des députés, Clemenceau s'est forgé une réputation de tombeur de ministères. Il a « exécuté » Gambetta, il s'emploie maintenant à déboulonner Jules Ferry. Sans cesse, il interrompt les orateurs de droite, avec un humour qui déclenche les rires à l'Assemblée et scandalise le président de la Chambre qui, sans succès, le rappelle à l'ordre. Il « débite des férocités d'une voix rude », dira Léon Daudet. Coléreux, intolérant (lui qui préconise inlassablement la tolérance), sa personnalité dépassait toutes celles du Parlement.

Mais contrairement à Louise Michel, chevalière sans peur et sans reproche, brisant parfois ses lances contre des moulins, Georges Clemenceau sait que le monde politique est semé d'embûches, de roueries, de pièges. Il n'évitera pas toujours, lui non plus, les pièges, nous le verrons plus loin, mais, pour l'heure, il avance avec l'adresse d'un politicien. Honnête, certes, convaincu, incorruptible, mais rusé.

Louise, qui ne se guérira jamais de demander des dons pour ses œuvres, pour ses pauvres, à Rochefort, à Clemenceau, mais aussi à des inconnus, sans la moindre prudence, va tomber dans un traquenard que lui tend le préfet de police, Louis Andrieux. Cet Andrieux, futur père d'un autre triste sire, Louis Aragon, auquel il donnera son prénom, mais pas son nom (ce défenseur de la loi ne reconnaîtra pas officiellement son fils), est chargé par le gouvernement de surveiller les revenants de la Commune[26], décidément increvables. Rien de plus simple que de compromettre leur plus célèbre vedette ; cette Louise Michel qu'il était allé recevoir, avec ses agents, à la gare Saint-Lazare, lors de son retour de déportation. Pour la discréditer il fonde un journal qu'il intitule sans complexe : *La Révolution sociale*. Il fonde... c'est-à-dire qu'un agent provocateur proposera l'argent nécessaire pour imprimer cette publication à laquelle Louise Michel collaborera aussitôt avec enthousiasme. Grâce à *La Révolution sociale* qui, du 12 septembre 1880 au 18 septembre 1881, comptera cinquante-six numéros, Andrieux pénétrera dans tous les milieux anarchistes, qu'il truffera de ses mouchards. Il ira même jusqu'à faire dynamiter la statue de Thiers à Saint-Germain-en-Laye (Thiers est mort en 1877), ce qui permettra à la fois de donner un brevet d'anarchisme à ses indicateurs et de démontrer au bon peuple que la menace des rouges reste toujours présente.

Andrieux suit partout Louise Michel, se tient au courant de ses moindres propos, de ses fréquentations, de ses projets. C'est ainsi qu'il note que Louise touche de l'argent de Clemenceau et de Rochefort. Pas mauvais d'inscrire ça dans leurs dossiers. Clemenceau protecteur de la « nonne rouge », voilà qui pourra resservir !

Dans ses *Souvenirs*, Louis Andrieux écrira :

« Mademoiselle Louise Michel était l'étoile de ma rédaction, inconsciente du rôle qu'on lui faisait jouer. Je n'avoue pas sans confusion le piège que nous avions tendu à l'innocence. »

L'innocence, comme il y va, le préfet ! Les textes, les déclarations de Louise n'ont rien d'innocent. Son admiration grandissante pour les nihilistes russes mène Louise Michel à une surenchère d'appels à la violence :

« Nous sommes comme ces vieux drapeaux troués de balles... Nous sommes sacrifiés, nous le savons et nous l'acceptons... Je suis partie enthousiaste. Je reviens froide et calme. Nous étions généreux. Nous ne le serons plus. Vous nous avez arraché le cœur. Tant mieux. Nous serons implacables... Quand viendra l'heure, je vous demanderai de frapper la première. »

La politique du pire, grandissante dans *La Révolution sociale*, finira par paraître suspecte aux socialistes marxistes. Jules Guesde démasquera rapidement la machination policière et le journal cessera aussitôt de paraître.

Louise refusera d'abord de croire Guesde. Puis, le stratagème devenu évident, elle n'y pensera plus. Son action l'absorbe à tel point qu'elle n'a pas de temps à accorder aux manœuvres de M. Andrieux. Elle multiplie ses conférences, assurant des tournées en province qui attirent de mille cinq cents à trois mille personnes. Habitant avec sa mère dans le XVIIIe arrondissement, 36, rue Polonceau, entre la rue de la Goutte-d'Or et la rue des Poissonniers, la vieille Marianne s'inquiète de voir sa fille grisée par les acclamations et les injures. Elle lui dit, lucide :

« Va donc ! Ils t'attacheront au bout d'une chaîne comme une bête curieuse et te feront danser pour amuser le peuple. »

En effet, les injures se mêlent désormais aux vivats. Un chahut monstre l'accueille lorsque, en avril 1882, le théâtre des Bouffes du Nord, qui appartient au communard Maxime Lisbonne, représente sa pièce, *Nadine*. Car, outre son travail harassant de propagandiste, Louise n'oublie pas qu'elle se veut poétesse et écrivain. Toute sa vie, rappelons-le, elle écrira des vers, des pièces de théâtre, des romans, et les publiera sans grand succès, toujours persuadée d'être avant tout un écrivain, un écrivain social, comme son modèle Victor Hugo, un écrivain mage, conducteur de masses.

Louis Andrieux, en grand flic avisé, manie tantôt la carotte, tantôt le bâton. Le 8 janvier, pour l'anniversaire de la mort de Blanqui, Louise qui s'était rendue avec quelques camarades au cimetière du Père-Lachaise, sera arrêtée pour outrage à agents et condamnée à quinze jours de prison à Saint-Lazare. Pendant cette incarcération mourut Marie Ferré, ensevelie dans le grand châle rouge de Louise.

« La bannière rouge, qui fut toujours celle de la liberté effraye les bourreaux tant elle est vermeille de notre sang », écrira Louise Michel dans ses *Mémoires*.

Eloge du drapeau rouge que l'on peut rapprocher de celui de Jules Vallès, le 9 mars 1871, dans *Le Cri du peuple* :

« On en a fait l'étendard des meurtriers, parce qu'il a la couleur du sang ! Mais ce sang, c'est celui du peuple, le sang des martyrs et non le sang du bourreau. »

Toutefois, le 18 mars 1882, participant au banquet des anarchistes de Montmartre, elle préconisera, en souvenir de la Commune, de remplacer le drapeau rouge par le « drapeau noir de la misère ».

Le drapeau noir deviendra donc désormais le drapeau de l'anarchie, un drapeau sans couleur, donc un anti-drapeau, noir comme les oripeaux dont se vêt Louise, en deuil de Ferré, en deuil de Blanqui, en deuil de la Commune.

Néanmoins, Louise s'efforcera toujours de marquer l'unité de la révolte prolétarienne, drapeaux noirs et drapeaux rouges mêlés, répondant pour ses conférences à toutes les demandes de la famille socialiste, y compris les collectivistes de Jules Guesde.

A l'enthousiasme unanime des deux premières années qui suivirent son retour de déportation, succèdent maintenant les contradictions, les invectives et même les bagarres. Une véritable bataille oppose à Lille partisans et adversaires de l'anarchie. Dans la salle du Cirque royal, à Bruxelles, c'est un véritable charivari qui couvre sa voix. A Gand, les étudiants de l'Université de Louvain chantent : « La mère Michel a perdu son chat. » Plaisanterie ambiguë qu'elle entendra désormais souvent, en rengaine. Dans le train de retour en France, aux arrêts en gare, on vient cracher dans son compartiment, on menace de la tuer. Louise Michel n'est plus une sainte vénérée. La Commune, qu'elle a si grandement contribué à ressusciter fait peur. Les qualificatifs qui lui sont attribués dans la presse n'ont plus l'accent quasi religieux du temps où on la disait « sœur de charité de la Révolution », résurrection de saint François d'Assise. On la qualifie désormais de « virago populacière », « la plus vulgaire des socialistes ».

« L'ange du pétrole » est revenu.

Le préfet Andrieux a réussi son coup.

IV

EN 1882, à quarante et un ans, Georges Clemenceau s'était hissé au premier rang de la vie politique. Son opposition aux ambitions coloniales de Jules Ferry, et notamment au traité du Bardo qui avalisait le protectorat sur la Tunisie, la popularité de ses articles dans *La Justice*, tout contribuait à le pousser en tête du Parti radical[27]. Si bien que son amie Louise s'inquiète. Elle lui écrit, le 2 août :

« Cher citoyen Clemenceau,

« J'espère que vous n'entrerez pas dans ces ministères-là, qui prendront le triste héritage d'autant de turpitudes cachées que de turpitudes découvertes... Que pourrions-nous faire dans ce cloaque ? Rien... Il n'y a qu'une révolution qui peut nous sauver. »

La confiance que lui témoigne Louise, malgré tout ce qui les sépare : le milieu social, le parlementarisme, la vie mondaine de l'un et la misère de l'autre, rien n'ébranlera encore leur amitié née dans les convulsions de la Commune. Il est vrai que Georges ne s'est compromis dans aucune fonction officielle, et qu'il restera dans l'opposition à tous les gouvernements jusqu'à la mort de Louise, qu'il poursuit toujours son activité médicale dans son dispensaire de Montmartre, et qu'il prend toujours position en faveur des ouvriers, contre le patronat, notamment au sujet des grèves dont il dit qu'il ne s'agit que de « la lutte, à armes égales, du capital et du travail ». Jusqu'en 1884, les syndicats ouvriers n'étant que tolérés, Clemenceau intervient le 8 mars 1882 à la Chambre par un violent discours :

« Vous aviez parlé de protéger la liberté individuelle, vous l'opprimez ; vous laissez les patrons s'associer, se syndiquer, vous leur permettez, en vertu d'un plan concerté et par des proscriptions – ce sont les termes mêmes de la loi – de supprimer la liberté du travailleur. Et quand les ouvriers se réunissent et essaient de se concerter à leur tour... vous envoyez vos troupes. »

Autant Louise est désordonnée, peu soigneuse de sa personne, vêtue en épouvantail, autant Georges est élégant, raffiné, séduisant. Son intelligence, sa culture littéraire et artistique, le placent bien au-dessus de ses collègues de la Chambre. Alphonse Daudet, Edmond de Goncourt, considéraient Clemenceau comme l'un des leurs. Il participait à leurs rencontres, à leurs banquets. Léon Daudet, le fils d'Alphonse qui sera, au temps de l'Action française d'extrême droite un adversaire impitoyable de Clemenceau, admirait néanmoins celui dont il a dit qu'il était « détesté par tout le clan opportuniste ».

« On le citait chez les hommes de lettres, a-t-il écrit, comme le seul politicien digne de faire partie des écrivains et des artistes, comme le seul capable d'apprécier les Goncourt, Huysmans, Monet et Rodin... Clemenceau était alors de beaucoup le plus intéressant, non seulement de son groupe, mais encore de tout le milieu républicain. D'abord il avait de l'esprit et il était presque le seul... Clemenceau a toujours foisonné en férocités, mais débitées d'un ton âpre et sec, d'une voix rude qui semblait mâcher les balles... Enfin il plaisait par un manque d'affectation, une bonne franquette, qui le mettait tout de suite de plain-pied avec les jeunes gens... »

La véritable amitié se mesure dans les épreuves. Celle de Louise et de Georges s'était nouée dans l'horreur de la guerre, de la répression, de l'absence due à l'exil de Louise. Au moment où la distance semblait se creuser entre leur mode de vie, une nouvelle épreuve va de nouveau les rapprocher.

Le 9 mars 1883, le syndicat des menuisiers ayant appelé les chômeurs, de plus en plus nombreux, à manifester sur l'esplanade des Invalides, Louise Michel et Emile Pouget[28] (le futur rédacteur du *Père Peinard*) se trouvent à la tête d'un groupe qui, en guise de drapeau, arbore un chiffon noir au bout d'un bâton. Radicaux de Clemenceau et marxistes de Guesde ne participent pas à cette manifestation qui leur paraît suspecte. Le nouveau préfet de police, Camescasse, qui a remplacé Andrieux, s'est en effet juré d'abattre l'anarchisme qui prolifère un peu trop bruyamment. A Lyon, dix journaux anarchistes attirent suffisamment de lecteurs pour une diffusion quotidienne. Cinquante-deux intellectuels libertaires, dont le géographe Elisée Reclus et le prince Kropotkine, ayant signé un manifeste où ils demandent « le pain, la science et le travail pour tous », la police profite de ces signatures pour boucler les auteurs du manifeste et les faire condamner (sauf Elisée Reclus, trop illustre) à quelques années de prison.

La magistrature pense ainsi avoir décapité « l'hydre anarchiste », pour employer son vocabulaire. Le groupe anarchiste lyonnais est en effet le plus important de France, avec 568 membres, Paris ne comptant que 511 adhérents, Marseille 206, Bordeaux 182, Montceau-les-Mines 14. Ce « parti anarchiste » qui ne réunit que 2 660 compagnons pour toute la France est estimé trop dangereux pour qu'on le tolère plus longtemps. Ce que l'on appellera « la manifestation du pain », après le manifeste des intellectuels de Lyon, deviendra un bon prétexte pour se débarrasser de ces exaltés et notamment de Louise Michel.

Le 9 mars, au moment où quinze mille manifestants arrivent place des Invalides, depuis le matin la maréchaussée ceinture tout le quartier, barrant les rues Saint-Dominique, de l'Université et de Grenelle. C'est alors que les agents chargent pour disperser la foule. Louise Michel et Emile Pouget entraînent leurs partisans du côté de Saint-Germain-des-Prés. Rue des Canettes, les manifestants, las de crier : « Du pain ! Du pain ! » entrent dans une boulangerie et se servent. Plus loin, rue du Four et 125, boulevard Saint-Germain, deux autres boulangeries sont pillées. Refoulés jusqu'à la place Maubert, les manifestants se heurtent violemment à la police. Des jeunes gens se saisissent de Louise Michel, l'entraînent sur la rive droite de la Seine, la poussent dans un fiacre et l'escortent jusqu'à Charonne où ils la mettent à l'abri.

La méthode de Camescasse diffère de celle d'Andrieux. Andrieux payait l'impression d'un journal pour y faire parler Louise. Camescasse, lui, veut la faire taire. La manifestation du pain devient un beau prétexte pour l'incarcérer. Bien sûr on l'accusera d'avoir incité les manifestants à piller les boulangeries. Si elle nie, on trouvera bien des témoins. Seul problème, Louise, bizarrement, sachant qu'on la recherche, reste invisible et muette. Le mandat d'amener lancé contre elle par le juge d'instruction pour « pillage de denrées et bris de clôture » n'est pas suivi d'effet. On croit l'avoir reconnue à Londres, en Suisse, à Lyon. On arrête de prétendues Louise Michel, bientôt relâchées. Enfin, vingt jours plus tard, ayant, dit-elle, pris le temps de soigner sa mère, elle réapparaît à la préfecture de police, où elle vient se constituer prisonnière. Camescasse, stupéfait, craignant le ridicule, refuse de la recevoir, la renvoie.

Le lendemain, le journal *L'Intransigeant* n'en ridiculise pas moins le préfet en publiant en bonne place que Mlle Louise Michel se tient à sa disposition, 26, rue Censier, jusqu'à dix heures, au domicile d'Ernest Vaughan. Vaughan, rédacteur à *L'Intransigeant*, journal fondé par Henri Rochefort, en 1880, dirigera *L'Aurore*, le journal de Clemenceau au temps de l'affaire Dreyfus. Les deux amis de Louise, les deux vieux amis, l'aristocrate et le bourgeois, se trouvent de nouveau là pour la protéger, quoi qu'elle fasse, quoi qu'on dise !

A dix heures, personne ne venant chercher Louise, Vaughan appelle un fiacre, invite les agents qui stationnent devant sa porte à prendre place avec eux et tous se rendent au prochain commissariat de police.

Cette fois, Louise Michel est « admise » à la prison Saint-Lazare. De la gauche à la droite, la presse ricane. On se lassait de Louise Michel qui finissait par agacer. Les maladresses de Camescasse lui redonnent son aura. Caricatures, chansons, font de Jules Ferry, du préfet, des flics, une pantalonnade.

Dans sa cellule de la prison Saint-Lazare, Louise enfin se repose. Les détenues lui racontent leurs malheureuses histoires. Prostituées, voleuses, criminelles, elle croit tout ce que lui disent ces femmes souvent mythomanes, étudie leur langage argotique, rêve d'en concevoir un livre. Evidemment, elle distribue aux prisonnières les provisions que Rochefort lui apporte, si bien que le « marquis rouge » exige qu'elle en mange au moins une partie devant lui.

Tout comme en Nouvelle-Calédonie, Louise attire le respect et même l'affection de ceux qui sont chargés de la surveiller. Les religieuses, qui assurent l'ordre dans cette prison de femmes, et même le directeur, n'ont que louanges à lui décerner. Il est vrai que le prestige de Louise sur les prisonnières est tel que jamais une telle docilité n'avait autant facilité la tâche du personnel.

Il pourra paraître étrange que cette anticléricale forcenée se soit aussi bien entendue, dans cette prison, avec les religieuses ; comme elle s'était liée d'amitié, lorsqu'elle avait été incarcérée à Versailles, avec l'aumônier, le charitable abbé Folley. Mais ces femmes n'avaient-elles pas choisi, comme elle, le célibat, le dévouement, l'absolu ?

Le 21 juin, le repos de Louise est interrompu par sa comparution devant les assises. Louise et huit coaccusés sont en effet passibles d'une lourde peine pour atteinte à la sûreté de l'Etat.

La comparution de Louise devant les juges redorera son image. On se souvient de ses interventions passionnées devant le tribunal militaire de Versailles. La presse attend un spectacle mémorable. Louise ne la décevra pas. Elle reste très digne pendant les trois jours du procès. On l'accuse d'avoir donné le signal du pillage des boulangeries. Elle proteste que jamais elle ne donne d'ordre, qu'elle n'est pas un chef, que ceux qui ont pris du pain étaient affamés, que ceux qui ont cassé les vitres tenaient des cannes plombées plus habituellement aux mains de la police que dans celles des grévistes.

Le juge, qui la traite de « sultane anarchiste » (encore une nouvelle épithète !), lui déclare :

« Vous avez dit dans un interrogatoire que vous ne regardiez pas comme un délit de prendre du pain[29].

– Oui, mais je n'en ai pas pris, jamais je n'en prendrai quand même je mourrais de faim.

– Avez-vous déjà été poursuivie ?

– Oui, en 1871.

– Il ne peut plus en être question. Ces faits ont été couverts par l'amnistie. Avez-vous été condamnée depuis ?

– J'ai été condamnée à quinze jours de prison pour la manifestation de Blanqui.

– Vous prenez donc part à toutes les manifestations ?

– Hélas, oui ! Je suis toujours avec les misérables.

– Quel était votre but en parcourant Paris, avec un drapeau noir ? Croyez-vous que vous procureriez ainsi du pain aux ouvriers ?

– Non, mais je voulais faire voir qu'ils en manquaient et qu'ils avaient faim. C'est le drapeau des grèves, le drapeau des famines, que je tenais. »

En réalité, par une malignité habituelle, la police avait mélangé, parmi d'authentiques anarchistes, comme Louise Michel et Emile Pouget, des repris de justice, déjà condamnés pour vol. C'est ainsi que « l'anarchiste » Bruelle, qui avait proclamé, lors de la manifestation : « Vous n'avez pas de pain ? Il y en a dans les boulangeries, qu'on les pille », était, on le saura plus tard, un provocateur, agent secret de la 2e brigade.

Dans sa plaidoirie, Louise Michel s'écrie :

« C'est un véritable procès politique qui nous est fait ; ce n'est pas nous qu'on poursuit, c'est le parti anarchiste que l'on poursuit en nous... Il y a une chose qui vous étonne, qui vous épouvante, c'est une femme qui ose se défendre. On n'est pas habitué à voir une femme qui ose penser ; on veut, selon l'expression de Proudhon, voir dans la femme une ménagère ou une courtisane !

« Nous sommes aujourd'hui en pleine misère...

Nous n'appelons pas ce régime-là une République. Nous appellerions République un régime où on irait de l'avant, où il y aurait une justice, où il y aurait du pain pour tous. Mais en quoi votre République diffère-t-elle de l'Empire ? »

On voulait que Louise Michel soit coupable. Elle le sera. Six années de réclusion, plus dix ans de surveillance policière. Condamnation démesurée pour une femme qui n'a pas volé de pain, qui n'a agressé aucun agent, et qui ne peut être fautive que d'un délit de manifestation. Quant à Pouget, auquel on n'a trouvé d'autre crime que ses brochures antimilitaristes, sans rapport avec le pillage des boulangeries, il écope de huit années d'emprisonnement. Louise et Pouget rejoindront dans les prisons républicaines Pierre Kropotkine et les soixante militants anarchistes lyonnais.

La presse de gauche s'indigne. Rochefort, dans *L'Intransigeant*, vitupère. Mais, dans l'ensemble, les journalistes se montrent plutôt satisfaits du système social décidé à se défendre.

La condamnation par le tribunal de Versailles, en 1871, avait conduit Victor Hugo à écrire en l'honneur de Louise, on le sait, un très beau poème. Cette fois-ci c'est Verlaine qui dédie à Louise une ballade. Pourquoi Verlaine ? Peut-être en souvenir de son mariage avec Mathilde de Fleurville qui, jeune fille, avait tant aimé Louise ? Peut-être parce que les poètes symbolistes se veulent anarchistes ? Peut-être sous l'influence de Rimbaud, fasciné par la Commune ? En tout cas, pour Louise, qui plaçait la poésie au-dessus de tout, quelle récompense !

Madame et Pauline Roland,
Charlotte, Théroigne, Lucile,
Presque Jeanne d'Arc, étoilant
Le front de la foule imbécile,
Nom des cieux, cœur divin qu'exile
Cette espèce de moins que rien,
France bourgeoise au dos facile,
Louise Michel est très bien.

Elle aime le Pauvre âpre et franc
Ou timide ; elle est la faucille
Dans le blé mûr pour le pain blanc
Du Pauvre, et la sainte Cécile,
Et la Muse rauque et gracile
Du Pauvre, et son ange gardien
A ce simple, à cet indocile.
Louise Michel est très bien.

Gouvernements de maltalent,
Mégathérium ou bacille,
Soldat brut, robin insolent
Ou quelque compromis fragile,
Géant de boue aux pieds d'argile,
Tout cela, son courroux chrétien

L'écrase d'un mépris agile.
Louise Michel est très bien.

ENVOI

Citoyenne ! votre évangile
On meurt pour ! c'est l'Honneur ! et bien
Loin des Taxil et des Bazile
Louise Michel est très bien.

Six ans de prison ! Une incarcération presque aussi longue que l'exil en Nouvelle-Calédonie. Et si le séjour à Saint-Lazare lui apparut comme une sorte de vacance, par contre son transfert à la prison de Clermont est plus rude. Le directeur, ancien officier versaillais amputé d'un bras, reçoit avec hargne cette « pétroleuse ». Les gardiens l'insultent, multiplient les brimades. Louise n'a de plaintes que pour sa mère impotente, à qui elle fait croire qu'elle se trouve à Saint-Lazare, qu'elle reviendra bientôt.

Comme toujours dans les épreuves, elle se tourne vers Clemenceau, qui jamais ne la repousse ; le charge de veiller sur sa mère, de la soigner. Ce que, en tant que médecin, il accomplit avec beaucoup d'assiduité.

Ses deux grands amis ne l'oublient jamais. Rochefort lui envoie de l'argent pour améliorer son ordinaire en prison et alloue une mensualité de cent francs à Marianne, plus le prix de son loyer. Au cas où il disparaîtrait, il va même jusqu'à confier Marianne au marquis de Talleyrand-Périgord qui s'engage, lui aussi, à verser une pension à la vieille femme invalide.

Comme l'état de Marianne s'aggrave, Georges Clemenceau télégraphie au ministre de l'Intérieur pour lui demander impérativement le retour de Louise à Paris :

« Mère de Louise au plus mal. Je vous prie instamment de bien vouloir hâter l'extraction comme vous avez bien voulu me le promettre. »

Il écrit également au directeur du service pénitentiaire :

« Prière de se hâter. Il y a grande urgence. »

Suite à ces sollicitations, Louise est ramenée provisoirement à Paris, au chevet de sa mère mourante.

Dans ce drame, Louise et Georges seront plus proches encore qu'ils ne l'ont jamais été.

Transférée de nouveau à Clermont, Louise Michel supplie Georges Clemenceau de tout faire pour qu'elle puisse assister sa mère à l'agonie.

Il fera tout. Et même plus puisque, le 8 décembre, il tente une démarche auprès du président de la République, ce Jules Grévy qu'il déteste pour s'être rallié aux Versaillais en 1871 :

« Si vous voulez que la mère de Louise Michel embrasse sa fille avant de mourir, il n'y a pas une minute à perdre. »

Louise est ramenée à Paris le jour même, bien que le ministre de l'Intérieur et le préfet de police n'aient obtempéré qu'à regret à l'ordre du président de la République. Mécontents de ce passe-droit, ils devinent que derrière cette mansuétude de Grévy se trouve Clemenceau qu'ils méprisent.

Mais si le président de la République accorde à Louise une telle faveur, c'est moins pour amadouer son adversaire Clemenceau que pour répondre à un nouvel engouement du public pour cette Louise Michel qui, emprisonnée, est redevenue un mythe. Ne publie-t-on pas des vies de Louise Michel, brochures populaires où elle est décrite comme une sainte miraculée ? Une publication anonyme n'est-elle pas intitulée : *Révélations divines à Louise Michel dans sa prison* ?

Georges multiplie les démarches afin que Louise soit graciée. Comme en Nouvelle-Calédonie, lorsque Clemenceau s'employait à faire abréger sa peine, elle proteste, refusant, une fois de plus, d'être libérée si ses camarades condamnés en même temps qu'elle ne le sont pas.

Pour que la chose soit bien entendue dans les milieux anarchistes, elle écrit à Lissagaray :

« Il paraît que vous avez senti que je ne pouvais, sans infamie, accepter une grâce à laquelle je n'ai pas plus droit que les autres. Tout ou rien. »

Louise demande néanmoins à Georges de transmettre ses remerciements au président de la République qui lui a permis de revenir provisoirement près de sa mère. Surpris par la courtoisie de celle que, dans les hautes sphères politiques, on considère comme une virago, Jules Grévy prie Clemenceau d'apporter cent francs à la prisonnière. Bien sûr, Louise les refuse.

Le 12 décembre, le préfet de police « attendri » par le directeur de la prison de Clermont dont le rapport au ministère de l'Intérieur spécifie que Louise Michel menait en captivité une « conduite exemplaire et irréprochable sous tous les rapports », autorise cette dernière à quitter provisoirement Saint-Lazare pour rester près de sa mère paralysée, sous la garde de deux inspecteurs.

Devant la lente agonie de sa mère, Louise craque. Elle a des hallucinations et même de véritables crises de folie que Clemenceau, toujours présent, tente d'atténuer avec des calmants.

Le 3 janvier 1885, Marianne meurt. Comme Louise n'est pas autorisée à assister aux obsèques, Clemenceau et Rochefort, avec les deux inspecteurs de garde, la raccompagnent à la prison Saint-Lazare. Clemenceau, retenu à la Chambre des députés, ne pourra joindre le cortège conduit par Rochefort et Lissagaray. Une centaine d'anarchistes et d'anciens combattants de la Commune entoureront la dépouille de Marianne, jusqu'au cimetière de Levallois-Perret où elle sera inhumée près de Théophile et de Marie Ferré.

Dans *Le Cri du peuple* du 9 janvier, Vallès écrit :

« Louise Michel, enfin, est rentrée à Saint-Lazare, peut-être pour retourner à Clermont faire son temps, tout son temps. Mais personne ne regarde cette sainte comme une coupable, et l'on sait bien, et l'on dit tout haut, chez les adversaires comme chez nous, qu'on a commis un crime en la condamnant avec tant de cruauté. »

Désespérée par la mort de sa mère, Louise ne formule plus qu'un vœu : retourner en Nouvelle-Calédonie et ouvrir une école pour les Canaques.

Elle sait que Clemenceau ne cesse d'intervenir auprès du président de la République pour obtenir sa grâce et elle ne cesse de protester auprès de lui pour qu'il n'en fasse rien.

Le 7 février 1885 :

« Cher citoyen Clemenceau,

« Comprenez bien qu'il serait odieux pour moi d'être en liberté après la mort de ma mère. Comprenez également qu'une grâce pour moi serait un abus de pouvoir de la part de ceux qui le feraient (un abus de pouvoir digne de l'Empire)... Qu'on me laisse en prison sans s'occuper de moi. J'y travaille et j'y suis bien... La prison ou la Calédonie. Voilà tout.

« Je vous embrasse. »

Louise rédige ses *Mémoires*, écrit un roman : *Les Paysans*. Regrette de ne pas être partie en Russie. « Là, dit-elle, on tue les malheureux, on ne les salit pas. »

Toujours la peur d'être salie par une grâce exceptionnelle.

Le 16 février 1885, Louise, emprisonnée, ne pourra assister aux obsèques de Jules Vallès. Ce Vallès, survivant souffreteux de la Commune qu'un rapport de police, en mai 1884, décrivait comme suspect en raison de ses relations amicales poursuivies avec Clemenceau. Georges est là, dans ce défilé de cent mille personnes, qui va du 77, boulevard Saint-Michel jusqu'au cimetière du Père-Lachaise. Rochefort aussi est là. Et les anciens membres de la Commune : Jean-Baptiste Clément[30], Eudes, Longuet, Eugène Pottier[31], Pyat[32], Vaillant, Guesde, Lafargue, Maxime Lisbonne. Trois discours funèbres devant la tombe. Un de Rochefort au nom des amis de Vallès. Et au nom de la Commune, les péroraisons de Longuet et de Vaillant.

Louise n'assistera pas non plus, et pour les mêmes raisons, aux obsèques nationales de Victor Hugo, le 1er juin 1885. Se serait-elle mêlée au cortège ? Depuis son retour de Nouvelle-Calédonie, non seulement Louise n'a plus revu son « âme sœur », son « frère bien-aimé », mais elle ne lui a plus envoyé de poèmes.

« Pour quoi faire ? a-t-elle écrit. Le maître était fêté par tous, même par ceux qui, autrefois, étaient loin de le fêter. »

Elle va même jusqu'à dire que Victor Hugo, diminué depuis 1878 par une attaque cérébrale, représente désormais « l'enseigne de la République de Jules Ferry et de Gambetta ».

Louise fâchée avec l'auteur des *Misérables* ? Seulement pour des raisons politiques ? Il reste un doute sur les relations de la jeune poétesse candide, venue de sa province rendre visite au génie dont elle ne soupçonnait pas la lubricité. Du premier rendez-vous avec Hugo, en 1851, Louise n'a jamais rien dit, jamais rien écrit, ce qui peut quand même paraître curieux pour une rencontre qui, au regard du culte qu'elle portait à Hugo, aurait dû être bouleversante. Deux lignes seulement dans ses *Mémoires* : « Nous l'avons vu, ma mère et moi, à Paris, à l'automne 1851. »

Ma mère et moi...

Leur seconde rencontre, en septembre 1870, Hugo, à son retour d'exil, l'a brièvement relatée dans ses *Carnets intimes*. Il note qu'il a fait une promenade d'une heure en voiture avec Enjolras (le pseudonyme de Louise), qui lui a coûté deux francs cinquante. Comme de coutume, son carnet est codé. Il inscrit :

« Enjolras/N. » Henri Guillemin, toujours à l'affût, toujours fouille-merde, traduit : « Enjolras/Nue. » Mais la meilleure biographe de Louise Michel, Edith Thomas, traduit, elle : « Enjolras/Non. » Parce que le lendemain, Louise écrit hâtivement au crayon à son idole : « Cher maître, Enjolras vous demande pardon de sa hardiesse d'hier et de celle d'aujourd'hui... Maître, êtes-vous bien fâché contre moi ? »

Une légère brouille ayant suivi cette rencontre, c'est sans doute NON, ce qui ressemble d'ailleurs plus à Louise que l'on a toujours vue extrêmement pudique.

Il n'empêche qu'Edmond de Goncourt, dans son *Journal*, relate que l'on découvrit, lors de l'ouverture de la maison Hugo à Guernesey, une série de lettres galantes « contenant des dessins obscènes, des poils de c., des maculatures de règles – qui l'aurait cru ? de Louise Michel, au temps où elle était institutrice. Ces lettres auraient été brûlées ».

Mais peut-on croire tous les ragots d'Edmond de Goncourt ?

Lors du procès de Louise à Versailles, en 1871, on n'a pas manqué de se moquer de la « vierge rouge », que l'on disait maîtresse de Ferré. Elle s'en indignait. Toute sa vie, Louise a montré une obsession puritaine. Léon Daudet l'appelait « une sœur de charité en carmagnole ».

Sœur de charité, oui, Louise le restera toute sa

vie. Comme elle restera toute sa vie fidèle au seul homme qu'elle ait aimé, même si, sans doute, aucune relation sexuelle ne s'en est suivie : Théophile Ferré.

Paul Lafargue, gendre de Karl Marx, on le sait, et leader avec Jules Guesde des socialistes collectivistes, autorisé à rencontrer Louise Michel dans sa prison de Saint-Lazare lui explique qu'elle serait plus utile en liberté qu'en cellule, que « la cause » a besoin d'elle. Une fois encore, elle repousse toute grâce anticipée.

Quant à Clemenceau, ses perpétuelles démarches en sa faveur commencent à l'agacer. Elle lui écrit :

« Dans le cas où mes amis me considérant moins qu'un animal contribueraient à me déshonorer de cette grâce, j'irais à Berlin ou à Saint-Pétersbourg, là les Bismarck et d'autres n'ont contre nous que le billot ou la corde, on ne les déshonore pas.

« Je vous serre la main. »

Le 8 janvier 1886, elle est néanmoins graciée, en même temps que Kropotkine, par Jules Grévy. Furieuse (et à juste titre, car Pouget reste en prison), elle refuse de quitter sa geôle. On doit l'expulser de force.

Comme elle n'a ni domicile ni argent, la ville de Levallois-Perret lui offre un logement de deux pièces dans l'ancienne rue d'Asnières, devenue rue Victor-Hugo.

Tout en poursuivant son rêve d'aller rejoindre en Russie les nihilistes, elle participe de nouveau aux réunions anarchistes parisiennes et reprend ses conférences avec grand succès. Jules Guesde et Lafargue, anti-anarchistes, la sollicitent également et, non seulement elle répond favorablement à leur demande, mais elle accompagne Jules Guesde dans le nord de la France pour y rencontrer les militants de l'Internationale ouvrière.

L'œcuménisme révolutionnaire de Louise Michel n'a pas de limite, de la gauche radicale de Clemenceau et de Rochefort au marxisme. Son antiparlementarisme et son anti-étatisme auraient dû logiquement l'éloigner aussi bien de Clemenceau que de Guesde. Mais comme Vallès qui disait : « Soyons donc toujours avec le peuple, même s'il fait saigner nos idées », elle se voulait ouverte à toutes les tendances du « socialisme révolutionnaire ».

En 1885, Emile Zola avait publié *Germinal.* Un an plus tard, à Decazeville, allaient se dérouler des événements qui ressembleront beaucoup à la trame du roman. Mais Zola s'était inspiré de la révolte qui grondait déjà dans les centres miniers depuis 1882. L'affreuse condition de travail des ouvriers mineurs, les catastrophes au fond des puits, les salaires misérables, suscitaient des attentats qui n'étaient nullement préparés par une propagande révolutionnaire et résultaient d'une spontanéité ouvrière désespérée. Même si souvent les dynamiteurs se proclamaient anarchistes.

Les attaques à l'explosif et à la hache à Montceau-les-Mines et au Creusot, les attentats contre les églises et les maisons d'ingénieurs, les scènes de pillage, annonçaient la plus grave émeute, celle de Decazeville, où le meurtre de l'ingénieur Watrin par les grévistes sera salué par les anarchistes comme « l'aurore de la grande révolution ».

Quatre mineurs ayant été condamnés aux travaux forcés ou à la réclusion, les socialistes s'unirent aux anarchistes dans des meetings communs de protestation. Louise Michel se retrouvait désormais dans tous les rassemblements avec Guesde et Lafargue. Toujours portée vers l'extrême, elle exaltait le meurtre de l'ingénieur Watrin :

« C'est ainsi que nous devrions nous débarrasser de tous nos exploiteurs. »

La croyance de Louise Michel dans un proche écroulement du système capitaliste ne lui était pas particulière. Au procès de Lyon, Kropotkine n'avait-il pas affirmé qu'avant dix ans la révolution sociale éclaterait, ce qui fut considéré comme trop pessimiste par nombre de militants persuadés d'une révolution populaire subite et immédiate ?

Prisonnière, Louise Michel avait suscité indulgence et pitié. Mais ses nouvelles outrances amenaient d'autres outrances. Lorsqu'elle apparaissait dans les réunions blanquistes, collectivistes, anarchistes, le public venu en curieux répondait le plus souvent par des insultes. On lui lançait de nouveau des pierres, on la bousculait. Pas une seule de ses conférences qui ne se terminât désormais par des huées et des horions. La police dut même intervenir un jour pour la protéger des dames de la Halle qui la bombardaient de légumes. Protégée par la police, Louise, un comble !

« Don Quichotte en jupons », vedette injuriée, vedette adulée, Louise était d'ailleurs suivie par la police dans tous ses déplacements. Des mouchards se glissaient parmi ses proches.

« On dirait Sarah Bernhardt jouant Dona Sol au milieu d'une troupe de cabotins sans ouvrage, écrit Albert Wolff dans *Le Figaro* (9 février 1886)... Rien n'est singulier comme de voir et d'entendre cette vieille femme en grand deuil, d'un extérieur de duègne, avec ses pommettes roses et sa voix douce, débiter ces sanglantes balivernes. »

Comme il est difficile à la justice de ne pas poursuivre Louise pour ses éloges des « assassins » de Decazeville, on la condamne à quatre mois de prison. Mais on ne l'arrête pas. Et, trois mois plus tard, on lui accorde, sans qu'elle n'ait rien demandé, une remise de peine.

Une remise de peine... Rien qui n'offense davantage Louise. Le pouvoir sait désormais comment la punir.

On ne l'emprisonne pas, mais on la surveille de plus en plus. Comme on lui demande ce qu'elle pense de la séparation de l'Eglise et de l'Etat, cheval de bataille de son ami Clemenceau, elle répond qu'elle est résolument contre, puisqu'elle ne reconnaît ni l'Eglise ni l'Etat.

« Les anarchistes, ajoute-t-elle, se proposent d'apprendre au peuple à se passer de gouvernement, comme il commence déjà à se passer de Dieu. »

Par contre, comme Georges, et comme Rochefort, elle abomine la politique coloniale de la France en Tunisie, au Tonkin, cette politique coloniale qui vaudra à Jules Ferry son échec à l'élection présidentielle lorsque Jules Grévy sera poussé à la démission en 1887.

A la Chambre des députés, Clemenceau ne cessera de s'opposer à toutes les expéditions coloniales, notamment celles d'Indochine (1883-1885).

« On voit le gouvernement français, déclare-t-il sous les lazzis de ses collègues, exerçant son droit sur les races inférieures en allant guerroyer contre elles et les convertissant de force aux bienfaits de la civilisation... Si l'on veut consulter les annales diplomatiques de certains peuples, on y peut voir des documents qui prouvent assurément que la race jaune, au point de vue de l'entente des affaires, de la bonne conduite d'opérations infiniment délicates, n'est en rien inférieure à ceux qui se hâtent trop de proclamer leur suprématie. »

Quinze ans avant de se jeter dans la lutte antiraciste à propos de Dreyfus, Georges Clemenceau stigmatisait toute forme de xénophobie. Déjà, en 1882, à propos d'une intervention conjointe anglo-française en Egypte, il protestait à la Chambre des députés :

« Les Français soutiennent qu'ils ont de puissants intérêts en Egypte ; les Anglais, les Italiens, d'autres encore, disent de même. Au risque de paraître soutenir un paradoxe, je voudrais dire qu'il me semble que les Egyptiens, eux aussi, ont quelques intérêts en Egypte...

« N'est-il pas étrange que l'on recommence à parler de races au moment où elles se mêlent de plus en plus... La vérité, c'est qu'il y a des peuples qui rêvent de domination universelle, soit par la propagande des idées, soit par la conquête matérielle. Il y a le pangermanisme, il y a le panslavisme, le panislamisme, il y a la théorie des races latines. »

Nous l'avons vu, parallèlement à son action politique, Louise n'abandonnera jamais sa vocation littéraire. La police lui attribue d'ailleurs comme profession : « femme de lettres ».

Elle ne cessera d'écrire des poèmes, poèmes descriptifs sur les paysages de Nouvelle-Calédonie, poèmes de circonstance sur la mort de Blanqui, de Marie Ferré, de Hugo. Même le récit désordonné de ses *Mémoires* est parsemé de quelque six cents vers.

D'année en année, ses romans se sont multipliés. Etranges romans, pas aussi réalistes qu'elle le croyait, qui se situent plutôt entre Eugène Sue, Jules Verne et Edgar Poe. Plus proches aussi des récits incroyables de son cher Hugo (*Les Travailleurs de la mer*, *L'homme qui rit*, *Bug-Jargal*) que de Dickens ou de Balzac. Feu, sang, incohérence, galimatias, certains de ses romans obtiennent néanmoins un succès populaire, comme *Le Claque-dent* publié dans la même collection que les feuilletons de Xavier de Montépin et de Ponson du Terrail, ou comme *La Misère*, édité en fascicules par Fayard et tiré à quarante mille exemplaires.

Elle aime, avant la lettre, la science-fiction, évoque dans ses récits un avenir radieux avec « des villes sous les eaux, contenues dans des navires sous-marins, grands comme des centres de villes », et des cités aériennes voguant de saison en saison. Si bien que des bruits ont couru prétendant qu'elle aurait vendu à Jules Verne, pour cent francs, le sujet de *Vingt mille lieues sous les mers*. En 1889, elle sera l'un des rares écrivains à défendre la tour Eiffel dans laquelle elle entrevoyait l'architecture de l'avenir.

Tout cela semblait placer Louise bien loin de l'avant-garde littéraire que représentaient alors les symbolistes. Et pourtant, les poètes symbolistes vont porter un culte à Louise Michel, culte rendu certes plus à l'anarchiste qu'à la poétesse.

Nous savons que Verlaine avait dédié une ballade à Louise Michel, publiée dans *Le Décadent*. Cette revue, « littéraire et artistique » qui réunissait Verlaine, Mallarmé, Rimbaud, Laurent Tailhade, Barbey d'Aurevilly, cultivait un dandysme où le refus de l'autorité et le mépris de la littérature bourgeoise se mêlaient à des prises de position de tendance anarcho-syndicaliste.

Les « Décadents » invitèrent Louise Michel à prononcer une conférence salle de l'Ermitage, le 20 octobre 1886. Elle y déclara :

« Les Décadents créent l'anarchie du style... Les anarchistes, comme les Décadents, veulent l'anéantissement du vieux monde. »

Et dans l'incohérence la plus totale, elle fit par la même occasion l'apologie de *Germinal* de Zola, ce qui dut quelque peu surprendre ces esthètes, à l'image du Des Esseintes de Huysmans, « aristocrates fin de race, anarchistes par dépit ».

« Seules les théories socialistes peuvent sortir une bonne littérature », asséna finalement Louise Michel, anticipant sur le réalisme socialiste.

Il n'empêche que toutes les revues symbolistes continueront à marquer leur adhésion au mouvement anarchiste. Et que parmi les abonnés du *Révolté*, la revue de Kropotkine, on relève les noms de Mallarmé, Huysmans et Rémy de Gourmont.

Rémy de Gourmont qui affirmait dans *La Revue blanche* en 1892 que « le symbolisme [...] se traduit littéralement par le mot liberté et, pour les violents, par le mot Anarchie ».

En cette même année 1892, la revue de Francis Viélé-Griffin, *Entretiens politiques et littéraires* ne se déclarait-elle pas adhérente aux théories libertaires, ouvrant ses colonnes aux frères Reclus, qui étaient d'authentiques anarchistes, mais aussi à Rémy de Gourmont, Paul Valéry, Stéphane Mallarmé ?

Quant à *La Plume*, elle consacrait un numéro spécial à l'anarchie, le 1er mai 1893, illustré de dessins de Pissarro.

Et pourtant, quoi de commun entre ces symbolistes et ces parnassiens, esthètes épris de recherche littéraire, et Louise qui écrit sans soin, sans style, ne se relisant jamais ? Identifier le vers libre et l'anarchie ne relève-t-il pas d'une mystification intellectuelle ? En voulant fraterniser avec les marginaux de la politique, ces écrivains marginaux croyaient sans doute, en toute bonne foi, créer une sorte de contre-pouvoir intellectuel.

Le 22 janvier 1888, Louise se rend au Havre. Deux réunions y sont programmées. La première, dans un théâtre de la ville, se déroule sans heurts, mis à part les habituels coups de sifflet. Mais le soir, à une seconde réunion qui se tient dans une grande salle réunissant deux mille personnes, un homme s'approche d'elle à la tribune, fait ostensiblement devant le public le signe de la croix et lui tire deux balles de revolver dans la tête.

Breton misérable, membre de l'Union du Sacré-Cœur, cet homme que la police arrache à la foule qui veut le lyncher, avoue n'avoir pu supporter les propos blasphématoires de l'oratrice.

L'oratrice se préoccupe plus de l'état pitoyable de son agresseur que de sa propre blessure.

« Si c'est un fanatique, un convaincu, déclare-t-elle, il a bien fait d'agir comme il a agi et je ne saurais l'en blâmer. »

En réalité, quoi qu'elle dise (elle va même jusqu'à prétendre, pour que l'on relâche son « meurtrier », que le revolver était chargé à blanc) très grièvement blessée, la balle à la tempe ne peut être extraite. L'autre a seulement traversé le chapeau.

A son retour à Paris, elle appelle une fois de plus

Clemenceau qui, aussitôt accouru, constate la gravité de son mal. Elle a de la fièvre. Sa vue s'affaiblit avec cette balle incluse qui lui donne de violentes douleurs crâniennes. Elle refuse néanmoins de s'aliter, ne se préoccupe que de son agresseur contre lequel elle a refusé de porter plainte.

Apprenant qu'il est marié et père de famille, elle rassure sa femme, lui certifiant que son mari a agi sans discernement et qu'il sera certainement acquitté.

Très vite libéré en effet, il écrira à Louise pour lui demander son pardon.

L'attentat a redonné à Louise Michel les faveurs de la presse. Redevenue une « personnification de la charité », on la considère de nouveau comme une « nature généreuse possédée de cette fureur de pitié ».

Ce qu'elle a toujours été, ce qu'elle sera toujours, à la fois pétroleuse dans ses écrits et ses discours, bonne sœur dans ses actes.

V

JULES Grévy a dû démissionner de la présidence de la République à la suite d'une campagne qui souleva certains scandales inhérents à ce genre de fonction. Qui souleva surtout de l'obscurité un général nommé Boulanger[33]. Les crises de régime voient toujours ainsi apparaître des individus ambigus dans lesquels se conjuguent des indignations dont on ne sait plus si elles sont de droite ou de gauche. Leader populiste, Boulanger entraîna dans son sillage une partie des radicaux, la plupart des monarchistes, nombre de petits bourgeois offusqués par les esclandres parlementaires et même des ouvriers, notamment ceux de Montmartre chers à Georges et à Louise.

Intéressé un bref instant par Boulanger, Clemenceau, avec sa fulgurante lucidité, démêla vite l'ambition du personnage et sa médiocrité. Il sera contre, obstinément contre le coup d'Etat éventuel d'un militaire, à qui, disait-il, « la gloire était venue trop vite ». D'ailleurs il détestera toujours les militaires, même lorsqu'il conduira la guerre avec eux (et parfois malgré eux) en 1917.

Quant à Henri Rochefort, il prit la tête du Comité de soutien à Boulanger, avec l'appui de nombreux socialistes. A l'exception de Jules Guesde, toujours méfiant, qui considérait que « l'épaulétier Boulanger », comme les patrons, appartenait à la classe ennemie.

Ainsi, les deux grands amis de Louise, pour la première fois, allaient devenir adversaires. Et Louise, pour la première fois, se trouvera en porte-à-faux. Les anarchistes lui demandent de s'engager contre Boulanger. Ce serait blâmer Rochefort. Elle restera donc neutre dans la convulsion boulangiste. Neutre ! Comme cela ne lui ressemble guère !

Sa neutralité est d'ailleurs relative puisque Rochefort lui présente une femme étonnante qui se situe aux antipodes de ses convictions politiques et qui deviendra sa très active amie : la duchesse d'Uzès.

Marie-Clémentine de Rochechouart-Mortemart, duchesse d'Uzès, née en 1847, est veuve. Non seulement elle mène une action politique intense en faveur du comte de Paris, mais elle milite aussi ardemment en faveur du féminisme. Comme Louise, elle ne manque pas d'extravagance, toutefois avec les moyens de son immense richesse et les défis que lui permet sans danger sa condition sociale. Première femme qui conduira une automobile, qui sera maître d'équipage et lieutenant de louveterie, elle écrit, sculpte, complote. Elle a quarante et un ans lorsqu'elle rencontre Louise Michel qui en a cinquante-huit.

La duchesse d'Uzès, financière du boulangisme, était venue rendre visite à Louise, malade, affaiblie par sa blessure. La sympathie entre ces deux femmes apparemment si dissemblables, est immédiate. Elles se reverront souvent, s'écriront régulièrement. Comme toujours, lorsque Louise découvre une personne riche, elle va la taper pour ses pauvres, pour ses œuvres. Comme Rochefort, la duchesse ouvrira largement sa bourse, sans se préoccuper de la destination de son argent. Plus surprenant, elle empruntera à Louise *Paroles d'un révolté* de Kropotkine qu'elle fera lire au duc d'Orléans, futur prétendant au trône.

Où va s'égarer Louise qui illustre alors les rapports parfois ambigus de l'extrême gauche et de l'extrême droite, sous prétexte d'abattre « la République bourgeoise » ?

Pire, elle accueille un aventurier, ennemi mortel de Clemenceau qu'il avait faussement accusé d'être un agent de l'Angleterre, le marquis de Morès, boulangiste et royaliste comme la duchesse, mais qui se dit anarchiste, voire « socialiste chrétien ».

Le marquis de Morès ne tente-t-il pas d'amener

Louise à prendre parti pour un polémiste qui va bientôt s'illustrer d'ignoble façon, Edouard Drumont[34] ? A défaut, il lui présente un jeune homme plein d'avenir : Maurice Barrès.

Barrès s'avouera séduit par Louise. Il écrit dans ses *Cahiers* :

« J'ai eu l'avantage, une fois, d'embrasser Louise Michel. » Et il ajoute : « Agents, soyez respectueux. Juges, taisez-vous. Cette vieille folle vaut mieux que vous qui dites “La femme Michel”. Si vous insistez, vous me faites connaître qu'elle est une sainte. Pourquoi donc ? Elle a la flamme. »

Apparaît donc ce que l'on appellera plus tard l'anarchisme de droite. Michel Zévaco, le romancier des *Pardaillan* et militant libertaire, qualifiera bien Barrès d'« anarchiste de salon. Il n'a que des gencives roses qu'il colore à la pommade rouge » – il n'en reste pas moins que l'équivoque de ces relations maladives entre extrême gauche et extrême droite demeure extrêmement suspecte.

Barrès adversaire, ennemi, lui aussi, de Clemenceau... Décidément, Louise s'éloigne. Elle qui a été si longtemps d'une implacable lucidité, perd pied, s'embrouille, se compromet, divague.

Bien qu'elle ne s'éloigne pas encore tellement de Georges, dans l'affection qu'elle lui porte, si l'on en croit ses *Mémoires*, publiés en 1886, juste au début du boulangisme, et où elle revient sur les événements de Montmartre, en 1871 :

« Turpin, tombé près de moi, à l'attaque du numéro 6 de la rue des Rosiers, pendant la nuit, mourut quelques jours après à Lariboisière. Il m'avait dit de recommander sa femme à Clemenceau.

« Je n'ai jamais lu la déposition de Clemenceau à l'enquête du 18 mars... Les indécisions qu'on lui reproche viennent de son illusion d'attendre encore quelques progrès du parlementarisme mort ; cette illusion est le microbe qu'il a rapporté de l'Assemblée, tout en fuyant l'Assemblée de Bordeaux.

« Sa place est dans la rue et les circonstances l'y traîneront, un jour d'indignation ; c'est ce qui lui reste de tempérament révolutionnaire.

« La seule indignation de la révolte, un jour de grand crime, c'est ce qui le fera sortir de là-dedans, comme il est sorti de l'Assemblée de Bordeaux. »

Clemenceau, bien qu'il soit député, bien qu'elle soit contre tous les partis politiques électoraux, lui semble encore récupérable pour l'anarchie puisqu'il n'est entré dans aucun gouvernement. Toujours dans l'opposition d'extrême gauche, considéré comme une « terreur » par les gens du pouvoir, commence néanmoins pour lui une période difficile. Une partie de ses troupes radicales s'est ralliée au général Boulanger, entraînée par Rochefort. Ceux qui restent fidèles au républicanisme pur et dur, comme lui, sont menacés d'être dépassés sur leur gauche par les socialistes collectivistes qui aspirent à la représentation parlementaire. Dépassé sur sa gauche, pour un homme de gauche, rien de plus désagréable !

Contesté sur sa gauche par Guesde et Lafargue, il est fortement attaqué sur sa droite par Edouard Drumont qui ne le lâchera plus, qui le harcèle, depuis que ce dernier l'a pris à partie dans son livre : *La Fin d'un monde* (1888).

Léon Daudet, qui se ralliera à Drumont et à l'extrême droite, a fait des portraits à la fois féroces et flatteurs du Clemenceau d'alors, sanglé dans sa redingote noire, les mains enveloppées de gants gris :

« Du désastre de Long-Son (30 mars 1885) – à l'occasion duquel il renversa le ministère Ferry – jusqu'aux sombres jours de Panamá, on peut dire que Georges Clemenceau fut l'homme le plus en vue de la politique. Son originalité consistait à donner des crocs-en-jambe aux divers cabinets qui se succédaient alors sous l'étiquette opportuniste... Il accomplissait cette fonction en riant sous sa courte moustache noire, que dépassaient deux fortes pommettes jaunes. De loin, il ressemblait à une tête de mort. De près, à un Mongol. Il parlait d'une voix brève, nerveuse, railleuse, non sans esprit, mais avec une nuance de parade, de face au public. »

Homme du monde, dandy, toujours en habit,

gilet blanc, haut-de-forme sur l'oreille, un gardénia planté à sa boutonnière, familier de l'Opéra et de ses danseuses, ami des écrivains et des artistes d'avant-garde, quel contraste entre Georges et Louise. Pourtant, dès qu'elle a besoin de lui, il accourt. Jamais il ne lui refuse un service, une intervention, un secours matériel. On ne mène pas une vie parlementaire comme il le fait, même si l'on s'obstine à demeurer dans l'opposition, sans que l'on cède à des compromissions, à des marchandages. Louise est pour Georges cette flamme pure vers laquelle il revient s'éclairer.

Tous les mouvements d'extrême gauche proposent de faire du 1er mai 1890 une manifestation internationale des travailleurs. Louise, qui prône l'abstention au suffrage universel, la grève générale, le refus de l'impôt, le refus du service militaire, l'abolition de la prostitution, voudrait que ce 1er mai soit insurrectionnel. Mais Jules Guesde et le Parti ouvrier marxiste qu'il préside, tout en espérant un mouvement de masse, récusent la violence. Louise s'incline. Elle estime Guesde qu'elle accompagne dans ses tournées de conférences en province. Louise est certes anarchiste, mais elle continue à participer à tous les mouvements révolutionnaires aux aspirations souvent contradictoires. Quoi de commun en effet entre blanquistes jacobins et proudhoniens libertaires, entre collectivistes marxistes et anarchistes ? Louise n'entre pas dans ces détails. Ce qui compte, pour elle, c'est que ça pète.

Et le pouvoir craint que ça pète. Il craint un coup d'Etat devant cette conjuration de tous les extrêmes. A son retour de Saint-Etienne, où elle est allée fomenter une manifestation, Louise Michel, arrêtée à Paris, gare de Lyon, est ramenée à Saint-Etienne et emprisonnée.

Le ministre de l'Intérieur, qui apprend cette incarcération et qui sait fort bien que Louise Michel en prison sera plus représentative qu'en liberté, ordonne son élargissement. Furieuse, Louise refuse de sortir de sa cellule, casse tout le mobilier rudimentaire qui s'y trouve. Elle s'indigne d'autant plus que les manifestants qu'elle a incités à l'émeute restent, eux, en prison.

La fureur démentielle de Louise conduit le préfet de l'Isère à demander son internement dans un asile. Du ministère de l'Intérieur arrive cette dépêche invraisemblable : « Mademoiselle Louise Michel ne doit, sous aucun prétexte, être retenue administrativement. »

Le pouvoir, habilement, usait du même procédé que, plus tard, de Gaulle avec Jean-Paul Sartre : « On n'arrête pas Voltaire. » Louise Michel n'étant pas

Voltaire, mais Jeanne d'Arc, se plaçait, elle aussi, au-dessus des lois.

Les manifestations du 1er mai 1890 ont été suffisamment fortes pour que le ministère s'en émeuve. D'autant plus qu'au 1er mai de l'année suivante, des émeutes éclatent à Fourmies et à Clichy. Devant la peur qui s'empare des députés, Clemenceau s'écrie à la Chambre :

« C'est le Quatrième Etat qui se lève et qui arrive à la conquête du pouvoir. Ce Quatrième Etat, vous devez ou bien le recevoir par la violence ou l'accueillir à bras ouverts. »

Cette menace populaire intervient juste après que le gouvernement, muselant le boulangisme, a condamné le général factieux pour atteinte à la sûreté de l'Etat. Boulanger, réfugié en Belgique, se suicidera. Quant à Rochefort, qui avait poussé le général au coup d'Etat, il s'enfuira à Londres.

Louise, depuis la menace du préfet de l'Isère, craint l'internement psychiatrique. Elle a d'ailleurs de nouveau des hallucinations. Peut-être sa blessure à la tête contribue-t-elle à ce désarroi qui la saisit et lui fait souhaiter la clôture de la prison.

« Etre enfermée dans une prison, cela m'est égal... On y est tranquille, fort à l'aise et nul bruit ne vient troubler vos méditations. Je passe là des heures presque délicieuses et j'irai même plus loin : je m'accommoderais fort bien d'une existence pareille. »

La prison, soit, mais pas l'asile des fous. Elle prend peur. Peur, Louise, oui, vraiment, elle est malade. A soixante ans, après toutes ces épreuves, rien d'étonnant qu'une dépression l'accable. Puisque Rochefort vit à Londres, elle décide d'aller le rejoindre, emmenant avec elle sa nouvelle amie, Charlotte Vauvelle, dont elle ne se séparera plus. Cette Charlotte Vauvelle, qui l'accompagnera jusqu'à sa mort, était fichée comme anarchiste à la préfecture de police. Néanmoins, certains indicateurs la décrivaient comme un agent orléaniste au service de la duchesse d'Uzès. Les rapports de police souffrent souvent d'extravagances et d'invraisemblance. Comme le père et le frère de Charlotte Vauvelle sont des ouvriers français travaillant à Londres, ne peut-on pas supposer que Charlotte ait mis à profit cette parenté pour faciliter le séjour de Louise en Angleterre ? D'ailleurs les deux femmes partageront souvent le logement familial londonien des Vauvelle.

Rochefort reçoit Louise à Clarence Terrace où sa maison, aménagée fastueusement, est envahie de mendiants auxquels il prodigue des secours. Il fréquente l'aristocratie anglaise et s'est lié d'amitié avec Kropotkine, lui-même aristocrate en exil.

Rochefort installe Louise à Fitzroy Square, quartier des réfugiés politiques. Elle retrouve avec grand plaisir Pierre Kropotkine qui vit dans un petit cottage à Harrow, près de Londres, et qui entretiendra avec elle, pendant tout son séjour en Grande-Bretagne, des relations affectueuses. Comme elle ne parle pas anglais, il lui est impossible de prononcer des conférences ni d'enseigner. Sauf à un public d'aristocrates qui comprend le français et que lui procure Rochefort. Public bienveillant et snob qui s'entiche très vite de celle qu'il appelle « *the good woman* ».

Louise va rester cinq ans à Londres. Elle y apprendra bien sûr l'anglais, fondera une école, l'International School[35]. Comme elle ne critiquera jamais la politique anglaise, comme elle s'acharnera à jeter l'anathème contre la France, ce qui ne pouvait que plaire en Angleterre, elle ne sera jamais inquiétée. Rochefort lui verse évidemment une pension. Elle vivra, outre-Manche, de douces et calmes années. Elle se repose. Pendant ce temps-là, en France, quel chambardement, dans lequel Georges, qu'elle a délaissé, se trouvera au cœur de la mêlée !

En 1885, ayant été élu député à la fois de la Seine et du Var, Clemenceau avait choisi de représenter le Var. Pourquoi le Var, si loin de Montmartre et si loin de la Vendée ? Il pourra paraître paradoxal que Clemenceau ait accompli la majorité de sa carrière parlementaire dans ce département où il n'avait aucune attache. Mais le Var votait rouge et l'élection de Clemenceau, parachuté, y était facile. Alors qu'elle s'avérait impossible en Vendée, électoralement aux mains des nobles et des prêtres.

Celui que ses adversaires appellent « le Vendéen rouge » appartient pourtant à une tradition républicaine et anticléricale bien ancrée dans l'Ouest. On oublie trop souvent que le quart du département de la Vendée, lors de l'insurrection de 1793, s'est cramponné dans un républicanisme farouche. Toutes les villes importantes, Fontenay-le-Comte, Luçon, Les Sables-d'Olonne, toute la plaine du Sud, tout le bord de mer, sont demeurés républicains. L'arrière-grand-père de Georges, médecin engagé dans l'armée républicaine, avait acheté (rappelons-le) le château de L'Aubraie à un noble en 1790. Appropriation bourgeoise au détriment de la noblesse, dès les premières heures de la Révolution. L'Aubraie, avec ses tourelles et ses douves, se situe à La Réorthe-Féole, près de Sainte-Hermine, dans l'arrondissement de Fontenay-le-Comte, région « bleue » s'il en fût. Quant aux ascendants maternels de Clemenceau, les Gautreau, à Mouilleron-en-Pareds où il naquit, ce sont des protestants et les protestants vendéens se rallièrent presque tous à la République qui les affranchissait de l'oppression catholique.

Il n'empêche que les deux lignées de Georges, les Clemenceau et les Gautreau, étaient du Bocage, ce

Bocage, noyau dur de l'insurrection royaliste et cléricale ; réfractaires à leur manière puisque réfractaires au grand mouvement contre-révolutionnaire qui emporta la Vendée. Ce qui explique sans doute la violence des sentiments républicains et l'athéisme de Benjamin et de Georges Clemenceau.

Dans le contexte parisien de la gauche, où se plaçait Clemenceau, ses origines vendéennes apparaissaient comme une anomalie, pour qui associait Vendée et chouannerie. Ses contemporains n'ont pas manqué de souligner l'ascendance vendéenne de Clemenceau, un peu comme une curiosité ethnographique. Léon Daudet parle des « blagues, coups de boutoir, feux d'artifice, de la force vitale qui émanaient de ce brusque Vendéen ». Bernanos qui, plus tard, évoquera souvent Clemenceau sans aménité, le surnommait : « Le Vendéen aux pommettes saillantes. » Et Maurice Martin du Gard, dans *Les Mémorables*, se souvient d'un « chouan rouge ».

S'il n'avait pas d'attache politique avec la Vendée, Georges retournait néanmoins très souvent dans sa province, ne serait-ce que pour la chasse aux perdreaux rouges et aux râles des genêts. Harnaché de houseaux, il aimait parcourir le Marais poitevin où les cailles abondaient, sautant les canaux à la perche.

Dans son volume de récits consacrés à la Vendée : *A travers champs*, il évoque « le bateau plat amarré à la souche d'aulne... Les grands pâtis herbeux semés de genêts d'or où ruminent les troupeaux roux ». Ce marais boueux, si souvent traversé, il sut le décrire avec grâce :

« Sous la grande plaine bleue du ciel, la grande plaine verte de la terre avec des voies lactées de fleurettes blanches où s'allument les semis d'étoiles d'or. Une belle eau claire égayée du jeune frai dans les nénuphars et les herbes serpentantes. Des chansons ailées qui tombent du ciel et se posent avec l'alouette toute frémissante des hauts vols, dans les retraites de la terre amie. Les grandes génisses blondes qui suivent le passant d'un œil étonné, des taureaux noirs hérissés, boueux, au regard mauvais, d'immobiles petits veaux qu'on dirait chevreuils ou jeunes cerfs mal empaillés. »

Comme il a évoqué les chemins creux du Bocage, « rivières caillouteuses ou cloaques de boue dominés de talus, où huit bons bœufs font péniblement cahoter sous l'aiguillon pressant la lourde charrette qui penche. Au sommet du talus, en bordure, les "têtards" tourmentés, évidés, bossués, figés en contorsions de souffrances sous la frondaison que la serpe abat tous les cinq ans pour les flambées de l'hiver ».

Oui, Georges Clemenceau, à Paris, décrivait souvent la Vendée à ses amis, terre qui paraissait mystérieuse, pittoresquement arriérée.

En témoigne cette anecdote d'Edmond de Goncourt, évoquant un dîner en l'honneur de Rodin :

« Je me trouve à côté de Clemenceau, avec sa tête ronde de Kalmouk et qui raconte des choses assez curieuses sur les paysans de sa province, malades, et sur les consultations en plein air qu'on lui demande au milieu de ses pérégrinations dans le département. A un départ d'un endroit quelconque, au moment où les chevaux de son break allaient prendre le galop, il nous peint une énorme femme, appuyée sur la croupe des chevaux et lui jetant : "Ah ! Monsieur, je suis battue des vents !" – pendant que le député radical, enlevant ses chevaux d'un coup de fouet, lui crie : "Eh bien, ma bonne femme, il faut péter." »

Car la représentation parlementaire n'étant pas un métier aussi confortable qu'aujourd'hui, Clemenceau, bien que célèbre homme politique, continuera à exercer la médecine jusqu'en 1885 et n'abandonnera son inscription dans les annuaires professionnels que lorsqu'il deviendra ministre, en 1906.

Les contemporains de Clemenceau ont parlé de son « attachement presque idolâtre à la terre vendéenne ». Il retournait souvent « au pays », s'y ressourçait. Il y emmenait même fréquemment des Parisiens, comme cet Edouard Ignace, secrétaire d'Etat à la Justice militaire, dans le cabinet Clemenceau, auquel il infligea une marche de vingt kilomètres sous la pluie, dans les chemins creux et qu'il régala au retour d'une soupe aux choux.

Son seul regret était de n'avoir pu y retenir plus

longtemps Monet, le grand ami de sa vieillesse, qui ne séjourna qu'une fois à L'Aubraie et qui ne sera donc pas un paysagiste de la Vendée.

Jusqu'en 1892, Clemenceau polémiste ne connut jamais d'adversaire qu'il ne pouvait, d'une simple réplique, foudroyer. Le 20 avril paraît le premier numéro d'un journal qui va concrétiser toutes les haines de l'extrême droite : *La Libre Parole*. Son rédacteur en chef, Edouard Drumont, se donne alors pour objectif de pulvériser le plus redouté des chefs de la gauche : Georges Clemenceau. Il ne le pulvérisera pas, mais il va singulièrement le déstabiliser. Selon Bernanos, futur panégyriste de Drumont, en Clemenceau tout l'irrite. Il le considère comme « une sorte de hobereau anarchiste [...] au dandysme grimaçant, faussement boulevardier, carabin resté quand même provincial ».

Drumont, qui ne travaille jamais dans la dentelle, accuse Clemenceau d'avoir été communard :

« Vous vous êtes caché alors pour tripoter au fond de la mairie de Montmartre, et c'est grâce à votre lâcheté ou plutôt à votre complicité, que l'on a pu, au 18 mars, assassiner deux généraux qu'il aurait été facile de sauver. »

Accusation terrible, puisqu'elle fait du député Clemenceau le complice de l'exécution des généraux

Lecomte et Thomas. On sait que Clemenceau, en opposition à Théophile Ferré, s'efforça au contraire d'éviter à la Commune de commencer dans une sorte de meurtre rituel, et que les ultras, comme Lissagaray, lui ont toujours reproché de s'être interposé à la « vengeance du peuple ».

Qu'importe, la calomnie est lancée. Elle fera son chemin. Clemenceau le pur a désormais des taches de sang sur les manches.

Le 20 décembre, Paul Déroulède, président de la Ligue des patriotes, dénonce Clemenceau à la Chambre, comme agent de l'Angleterre, compromis dans le scandale financier de Panamá. Admirateur depuis toujours de la démocratie anglaise, Clemenceau préconisait bien une alliance avec l'Angleterre, plutôt qu'avec la Russie, mais qu'il se soit « vendu » à l'Angleterre, comme le soutenait Déroulède, était à la fois absurde et infamant. Les affronts se réglaient encore par des duels meurtriers en cette fin de siècle. Clemenceau en avait déjà assumé plusieurs et sa réputation de duelliste en faisait un adversaire redoutable. Le 22, il se battit donc au pistolet contre Déroulède, au champ de courses de Saint-Ouen. Six balles furent échangées sans résultat. Non seulement la réputation politique de Clemenceau était ternie, mais il était ridiculisé, lui que l'on disait tireur émérite. Déroulède eut beau jeu d'ironiser : « Je n'ai pas tué M. Clemenceau, mais j'ai tué son pistolet. »

Les lettres sorties par Déroulède de son chapeau, dénonçant Clemenceau comme un agent de la Grande-Bretagne, se révéleront fausses et l'œuvre d'un agent britannique qui sera condamné à trois ans de prison, mais calomniez, calomniez, il en restera toujours quelque chose...

Aux élections législatives de 1893, Clemenceau, qui se présente de nouveau dans le Var, subira une campagne de dénigrement ignoble. On l'accuse d'être un « agent de l'étranger », un « traître ». Il perd son siège, se trouve soudain hors jeu. Les manœuvres de l'extrême droite ont parfaitement réussi.

Manœuvres facilitées par le vieillissement des données politiques sur lesquelles s'appuyait toujours Clemenceau. Le radicalisme se déportait sur le monde rural, alors que la population ouvrière des villes glissait vers le socialisme collectiviste. Le mythe de la Commune, lui-même, s'éloignait, comme le second Empire. Plus de vingt ans entre ces événements qui marquaient Georges et Louise d'une marque indélébile et ce nouveau Montmartre où venait d'être inaugurée la basilique du Sacré-Cœur.

Michel Zévaco n'était pas le seul à voir dans ce monument une insulte à la mémoire des communards[36].

Pour la première fois, Clemenceau apparaît découragé, découragé comme Louise qui s'est retirée à Londres. Octave Mirbeau, après une conférence de Clemenceau, le confirme à Gustave Geoffroy :

« J'ai senti dans son discours le découragement dont nous parlions l'autre jour, et la certitude, si triste, de l'impossibilité des rêves sociaux. »

Dans l'adversité, Clemenceau s'est durci. Il devient plus jacobin que jamais, rejetant tous les accommodements politiques, brandissant son attachement à la Révolution française, celle de 89 et même de 93, avec une formule qui restera comme le signe de son intransigeance : « La Révolution est un bloc. »

L'origine de ce slogan est un peu antérieure aux années de découragement puisqu'elle date du 29 janvier 1891. On jouait alors au Théâtre-Français une pièce de Victorien Sardou, *Thermidor*, qui montrait l'atrocité de la Révolution glissant dans la dérive terrorisante de Robespierre. Clemenceau, lui, l'apôtre de la liberté de la presse, s'indigne et demande dans une intervention à la Chambre des députés l'interdiction de la pièce :

« Messieurs, que nous le voulions ou non, que cela nous plaise ou cela nous chagrine, la Révolution est un bloc [...]. Cette admirable révolution n'est pas finie. »

Clemenceau, écarté de la vie parlementaire, se replie sur le journalisme politique. Jusqu'en 1902, exclusivement journaliste, il aspirera à devenir écrivain. Aspiration littéraire qu'il poursuivra moins loin que Louise Michel puisqu'elle se limitera à des nouvelles : *Le Grand Pan* (1896), un roman : *Les Plus Forts* (1898), quelques contes vendéens et une pièce de théâtre : *Le Voile du bonheur* (1901), que son ami Gabriel Fauré accompagnera d'une composition musicale.

Mais tous les jours Clemenceau rédige un article pour *La Justice* et toutes les semaines deux articles pour *La Dépêche*.

Edmond de Goncourt ironise dans son *Journal* sur les velléités littéraires du journaliste Clemenceau. Dans une rubrique du *Figaro*, intitulée « Clemenceau littérateur », Maurice Barrès est moins indulgent, se moquant des « effets de rhétorique vulgaires de Clemenceau » : « Rien ne manque à Clemenceau pour exceller dans la littérature, assène-t-il, que d'avoir quelque chose à dire. »

Mais comment Clemenceau pourrait-il être romancier, lui qui est avant tout, qui sera de plus en plus, un extraordinaire héros de roman ?

VI

NE nous égarons pas. Installée à Londres, Louise Michel ne fréquente pas que la gentry, ne se voue pas exclusivement à l'enseignement. Elle appartient au groupe anarchiste L'Avant-Garde animé par Kropotkine, Malato [37], Malatesta [38]. Ces trois théoriciens jouent en Angleterre un rôle capital dans le développement du courant libertaire auquel ils veulent donner une mission pratique et rationnelle. Pour détacher les masses ouvrières du socialisme collectiviste marxiste, de plus en plus actif, ils demandent à leurs adhérents d'entrer dans les syndicats ou d'en créer de nouveaux, de s'infiltrer dans toutes les manifestations ouvrières et notamment dans l'organisation des grèves. Par là même, les syndicats deviendront une « école pratique d'anarchisme ».

En France, des individus vont faire prendre à l'anarchie une tout autre voie. La théorie de la « minorité agissante », chère à Blanqui, reste vivace. Certains journaux consacrent des chroniques à la fabrication de bombes à main. *Le Drapeau noir* publie un manifeste des « Nihilistes français » qui préconise l'empoisonnement des patrons. Cependant que les « Justiciers du peuple » recommandent l'incendie des immeubles dont les propriétaires se montrent trop rapaces.

Le 14 mars 1892 une bombe explose 136, boulevard Saint-Germain, au domicile du juge Edouard Benoist. Le lendemain, une nouvelle bombe explose caserne Lobau, tout près de l'Hôtel de Ville. Le 27 mars, un troisième engin endommage le domicile du substitut Léon-Jules Bulot. Ces deux magistrats avaient participé, en 1886-1887, au procès de deux anarchistes, Duval et Pini, condamnés pour des vols de bijoux aux travaux forcés à perpétuité. L'énormité de la peine venait de ce que Duval et Pini revendiquaient leurs vols comme « un droit à la restitution » et que maître Labori, l'avocat de Duval (Fernand Labori que nous retrouverons, ami de Clemenceau et de Zola lors de l'affaire Dreyfus), présentait son client comme un politique récupérant de l'argent pour la cause. Le procès de Pini et Duval anticipait sur l'illégalisme qui allait placer une grande partie du mouvement libertaire français dans la marginalité pendant une vingtaine d'années, jusqu'aux abords de la guerre de 1914.

Les trois bombes du printemps 1892 inaugurent l'ère des attentats terroristes.

La police soupçonne un ouvrier teinturier, François Koenigstein, dit Ravachol. Un employé du restaurant Véry, boulevard Magenta, qui se dit anarchiste, connaît Ravachol et organise sa capture.

Le 26 avril, commence aux assises de la Seine le procès de Ravachol que les juges vont transformer en procès de l'anarchie.

En prélude, la veille, une bombe explose au restaurant Véry et tue deux personnes.

Accusé de trois assassinats, de contrebande, de fausse monnaie, de vol, de violation de sépulture et du dynamitage de deux domiciles de magistrats, Ravachol se pose devant la cour en justicier. Fier, hautain, il revendique ses actions, dit être devenu anarchiste après avoir lu *Le Juif errant* d'Eugène Sue. Il y a chez lui du Lacenaire, voire du Cartouche et du Mandrin.

Tous les jurés ayant reçu un manifeste menaçant signé : « Groupe des amis de Ravachol », sur douze jurés désignés, neuf se prétendent subitement malades et se désistent.

En réalité, au fur et à mesure que se déroulent les audiences, on s'aperçoit que Ravachol n'est qu'un prétexte pour tenter de liquider cet anarchisme dont les groupes infimes portent des noms terribles : La Panthère des Batignolles (auquel était affilié Duval), Les Déshérités de Clichy, Les Antipropriétaires (spécialisés dans les déménagements à la cloche de bois),

Les Antitravailleurs (à Bordeaux), Les Sangliers de la Marne (à Châlons), Les Sans-Patrie (à Charleville), La Dynamite (à Lyon).

Refusant au prévenu toute qualité de prisonnier politique, le procureur général Quesnay de Beaurepaire récusait « le mot barbare et dénué de sens d'anarchiste ».

« Ces quelques scélérats ont pour mot puéril de vous appeler “les bourgeois”, lança-t-il aux jurés. Ce qu'ils feignent d'oublier c'est que les bourgeois, à l'heure actuelle de notre histoire, sont l'âme du peuple ! C'est le peuple parvenu, mot superbe, c'est le peuple arrivé par le travail, par l'honneur, par la résignation patiente et par l'amour du devoir... Ce peuple, c'est vous, les bourgeois du jury... Voilà les hommes qui ont le droit de dire à ces coupe-jarrets soi-disant anarchistes : Vous n'êtes pas le peuple ! Vous êtes des monstres sociaux... Et moi, le peuple qui vous méprise, je vous condamne... »

Ravachol qui entre autant, et sinon plus, dans la catégorie des droit commun que des politiques, contrarie et irrite tous les milieux révolutionnaires. Certains de ses meurtres pour vols sont ignobles et indéfendables. Interrogée à Londres, Louise Michel croit à des provocations policières.

« Je ne sais pas, répond-elle, si ce qu'on dit de lui n'est pas une légende créée par la police pour rendre responsable l'anarchie. »

Mais lorsque Ravachol, condamné à mort, est guillotiné, le 11 juillet, elle s'enflamme et le considère comme un « héros de l'époque moderne ». La légende populaire s'est vite emparée de Ravachol qui est allé crânement à la guillotine en chantant :

Si tu veux être heureux
Pends ton propriétaire,
Coup' les curés en deux...

Les chanteurs de rue exaltent « le Christ de l'anarchie ». Même les monarchistes revendiquent l'anarchie considérée comme un débordement de l'ordre bourgeois. Dans cette perspective Charles Maurras déclare que la monarchie n'est autre que « l'anarchie plus un ». L'un étant le roi.

Octave Mirbeau écrit dans *L'En-dehors*, le 1er mai 1892 : « La société aurait tort de se plaindre. Elle seule a engendré Ravachol. Elle a semé la misère, elle récolte la tempête. C'est juste. »

Et Emile Pouget, dans *Le Père Peinard* :

Le premier anarcho qu'on guillotine en France
Voilà qui est sérieux, nom de Dieu !

On chante à Paris, aux carrefours, *La Ravachole* sur l'air de *La Carmagnole* :

Dansons la Ravachole
Vive le son, vive le son,
Dansons la Ravachole
Vive le son
D'l'explosion !
Ah ! ça ira, ça ira,
Tous les bourgeois goût'ront d'la bombe,
Ah, ça ira, ça ira, ça ira,
Tous les bourgeois on les saut'ra.

Le 8 novembre on découvre une bombe dans l'escalier d'un immeuble de l'avenue de l'Opéra où se trouvaient les bureaux de la Société des mines de Carmaux. Transportée au commissariat de la rue des Bons-Enfants elle explose, tuant cinq policiers.

Louise Michel répond à ceux qui viennent de nouveau l'interroger :

« Tant mieux. C'est leur faute, tandis que des ouvriers sont victimes d'une explosion de chaudière et des centaines par le grisou. »

Et elle oppose le feu purificateur des attentats à la pourriture bourgeoise parlementaire.

Le 9 décembre 1893 un attentat beaucoup plus spectaculaire est commis à Paris. Une bombe artisanale éclate en effet à la Chambre des députés. Aucun mort, quelques blessés légers, mais cette fois-ci l'Etat se sent visé à la tête.

Aucun suspect n'ayant été appréhendé, l'auteur du délit se dénonce lui-même :

« Monsieur le juge,

« J'ai poussé la fantaisie jusqu'à vous laisser chercher. Je suppose qu'on persécute maintenant des innocents pour trouver le coupable. Ne cherchez plus. C'est moi. Je n'ai d'ailleurs pas voulu tuer. C'est pourquoi j'avais mis des clous dans ma bombe au lieu de balles – mais donner un avertissement. Je préférais blesser deux cents députés qu'en tuer quelques-uns. »

Cet attentat contre le lieu symbolique de la démocratie parlementaire est en réalité le premier attentat anarchiste authentique. Le prévenu, Auguste Vaillant, collabore à *La Révolte* de Paul Reclus. Petit, mince, très soigné, d'une élocution parfaite, son attitude lors de son jugement demeure très digne, évitant les provocations d'un Ravachol.

« On me reproche, dit-il devant les juges, les blessures de ceux qui ont été atteints par mes projectiles : permettez-moi de faire remarquer en passant que, si les bourgeois n'avaient pas massacré ou fait massacrer pendant la Révolution française, il est probable qu'ils seraient encore sous le joug de la noblesse...

« Messieurs, dans quelques minutes, vous allez me frapper, mais en recevant votre verdict, j'aurai au moins la satisfaction d'avoir blessé la société actuelle, cette société maudite où l'on peut voir un seul homme dépenser inutilement de quoi nourrir des milliers de familles, société infâme qui permet à quelques individus d'accaparer toutes les richesses sociales pendant que l'on voit des cent mille malheureux qui n'ont pas seulement le pain que l'on ne refuse pas aux chiens. »

Que Vaillant, qui n'a commis aucun meurtre, soit condamné à mort soulève d'indignation des partis de gauche. Radicaux de Clemenceau et de Rochefort, blanquistes, socialistes, forment une délégation pour demander la clémence au président de la République. Mais Sadi Carnot n'accepte même pas de les recevoir et refuse sa grâce.

Parmi les socialistes, le petit groupe des collectivistes marxistes se distingue néanmoins en s'opposant catégoriquement à toute forme d'attentat politique.

Son leader, Jules Guesde, écrit dans *Le Matin* :

« Des actes comme ceux-ci sont au-dessus de toute qualification, tellement ils sont en dehors de l'humanité. Nous nous trouvons évidemment en présence de la dernière des trois catégories dans lesquelles je tenais, il y a deux ans, les anarchistes : fumistes, policiers ou infirmes. »

C'est que Jules Guesde, élu député de Roubaix en cette même année 1893, est désormais du côté du manche. Comme ses deux compères, Marie-Edouard Vaillant (à ne pas confondre avec son homonyme terroriste Auguste Vaillant) député de Paris, et Paul Lafargue, député de Lille.

Le 1er mai 1891, Paul Lafargue, condamné à un an de prison pour avoir fomenté les troubles qui, à Fourmies, avaient dégénéré en fusillade, libéré par anticipation, était devenu aussitôt parlementaire ; ce qui avait conduit Henri Rochefort à ironiser dans *La Révolte* :

« La fusillade de Fourmies n'aura pas été vaine, puisqu'un de nos bons socialistes a su s'en faire une réclame électorale. »

La cassure entre socialistes marxistes et socialistes libertaires est désormais accomplie.

De Londres, Louise Michel multiplie les interventions en faveur d'Auguste Vaillant, notamment auprès de la duchesse d'Uzès.

Comme Vaillant élève seul sa propre fille, la duchesse offre de l'adopter [39]. Mais Vaillant préfère la confier à celui qui devient en France le leader du mouvement anarchiste, Sébastien Faure [40].

Un reporter du *Matin*, interrogeant Louise Michel en Angleterre, lui demande si elle aurait commis l'attentat de Vaillant.

« Sans nul doute, répond-elle, si cela était utile à la cause dans une circonstance donnée.

– Vos amis socialistes ne pensent pas comme vous.

– Eux qui ont renié la violence ? Les idiots ! Comme si un moyen pacifique contre la bêtise ou la méchanceté des bourgeois était possible. »

Ravachol avait été beaucoup discuté dans les milieux anarchistes, notamment par Sébastien Faure qui n'approuvera jamais ses actes crapuleux. Mais Vaillant, par contre, fut unanimement approuvé. Un doute subsistera d'ailleurs toujours sur une manipulation de la police, dont il aurait été victime. A la suite du procès de Vaillant la Chambre des députés ne vota-t-elle pas une loi permettant de réprimer l'agitation anarchiste et syndicale ? Promouvoir des idées anarchistes n'était-il pas passible désormais de cinq ans de prison ?

A partir de là, Georges Clemenceau entre de nouveau en scène, qualifiant ces lois de « lois scélérates », terme qui restera. Plus, il n'admet pas que l'on punisse de mort les auteurs d'attentats anarchistes qui, pour lui, sont des actes politiques. Il les réprouve, mais il réprouve aussi le droit de tuer que s'attribue l'Etat.

Il écrira dans *La Mêlée sociale* (1895) :

« Qui nous a donné, à nous, ce droit que nous dénions à Vaillant : le droit de tuer ?

« Il n'y a pas un siècle que Joseph de Maistre proclamait le bourreau la clef de voûte de l'édifice social. Et tous les prétendus disciples du grand condamné à mort que fut Jésus de Nazareth, applaudissaient à l'envi. Nous vivons encore là-dessus. La lâcheté sociale a besoin du bourreau pour se rassurer...

« Le processus psychique de saint Dominique et de Robespierre ne diffère pas de celui de Vaillant.

« Aujourd'hui l'œuvre de violence a trouvé son exécrable refuge dans quelques misérables cerveaux perdus. Mais n'était-ce pas hier, qu'après la bataille, des hommes galonnés d'or, qui se promènent aujourd'hui flambants dans Paris, massacraient de sang-froid, pendant une éternelle semaine, des vieillards, des femmes, des enfants : trente mille, dit-on ? Et M. de Mun, le néo-socialiste, qui a vu ces choses, qui en a vécu sa part, se plaignait que les misérables osaient mourir *avec insolence.*

« Ah, vous cherchez la leçon de violence et d'anarchie ! N'allez pas plus loin : elle est là, vivant dans la mémoire des hommes. »

Toujours ce souvenir poignant de la Commune, chez Clemenceau. Ce souvenir qui unit Georges et Louise. Dans la tragédie des attentats anarchistes, tous les deux se retrouvent. Quatre chapitres de *La Mêlée sociale* sont consacrés à Auguste Vaillant, sept à Emile Henry.

Emile Henry qui, pour venger l'exécution de Vaillant et la chasse ouverte aux anarchistes, lance le 12 février 1894 une bombe dans le café Terminus, près de la gare Saint-Lazare. Un mort, vingt blessés.

Emile Henry, fils de communard, intellectuel

admissible au concours d'entrée de Polytechnique, déclare à son procès :

« J'ai tué trop peu de monde. D'autres viendront après moi qui réussiront mieux...

« Pendus à Chicago, décapités en Allemagne, garrottés à Xérès, fusillés à Barcelone, guillotinés à Montbrison et à Paris, nos morts sont nombreux, mais vous n'avez pas pu détruire l'anarchie. Ses racines sont profondes : elle est née au sein d'une société pourrie qui s'affaisse, elle est une réaction violente contre l'ordre établi, elle représente les aspirations d'égalité et de liberté qui viennent battre en brèche l'autoritarisme actuel. Elle est partout ; c'est ce qui la rend indomptable, et elle finira par vous vaincre et par vous tuer. »

Celui qui fut surnommé « le Saint-Just de l'anarchie » lisait *Don Quichotte* quand on vint le chercher pour le mener à la guillotine.

Le 21 mai 1894, Clemenceau qui assiste à son exécution écrit dans *La Justice* :

« Emile Henry paraît, conduit, poussé, par l'équipe du bourreau. Quelque chose comme une vision du Christ de Munkacsy, avec son air fou, sa face affreusement pâle, semée de poils rouges, rares et tourmentés. Malgré tout, l'expression est encore implacable. Le visage blême m'aveugle. Je suis hors d'état de voir autre chose. L'homme ligoté s'avance d'un pas rapide malgré les entraves. Il jette un regard circulaire et, dans un rictus horrible, d'une voix rauque mais forte, lance convulsivement ces mots : "Courage, camarades. Vive l'anarchie !"

« Le forfait d'Henry est d'un sauvage. L'acte de la société m'apparaît comme une basse vengeance... Que les partisans de la peine de mort aillent, s'ils l'osent, renifler le sang de la Roquette. Nous causerons après. »

Le 4 avril précédent, sur l'entablement d'une fenêtre de la rue de Condé, les éclats d'une bombe avaient éborgné l'écrivain anarchiste Laurent Tailhade qui dînait malencontreusement au restaurant Foyot. Laurent Tailhade qui avait écrit lors de l'exploitation de la bombe Vaillant : « Qu'importe la disparition de vagues humanités si le geste est beau[41] ! »

Vaillant que les extrémistes anarchistes n'oubliaient pas. Des placards, affichés dans les rues de Paris, menaçaient : « A Carnot le tueur... Tu as eu la tête de Vaillant, nous aurons la tienne, président Carnot. »

Promesse tenue. Le 24 juin 1894, Sadi Carnot était poignardé à Lyon par l'anarchiste italien Caserio. Le lendemain, Madame veuve Carnot recevait la photo de Ravachol avec ces mots : « Il est bien vengé[42]. »

L'exécution d'Emile Henry obsédait Clemenceau. « La Convention, a-t-il écrit, a eu sa gloire et ses hontes... Qu'on me dise en quoi les premiers chrétiens, qui ne reculèrent devant aucun acte violent, et contre qui s'exerça la pire violence, différaient psychologiquement de nos anarchistes modernes. Les conservateurs du temps ne pensaient pas autrement de Polyeucte que les nôtres d'Emile Henry. »

Clemenceau n'approuve certes pas les attentats aveugles, mais il essaie de comprendre les motivations de leurs auteurs[43]. Ce qui conduit Paul Deschanel (élu en 1920 président de la République contre le Père la Victoire) à accuser Clemenceau de collusion avec les anarchistes. Clemenceau le provoquera en duel à l'épée et le blessera au front. Ce sera son quatrième et avant-dernier duel.

On a beaucoup souligné, on souligne toujours, le jacobinisme de Clemenceau, son intolérance républicaine concrétisée par son fameux slogan : « La Révolution française est un bloc. » En réalité, d'autres propos de Clemenceau tempèrent cette outrance. Nous venons de voir qu'à propos de l'exécution d'Emile Henry, il n'a pas hésité à écrire : « La Convention a eu sa gloire *et ses hontes.* » N'a-t-il pas déclaré auparavant : « Le processus psychique de Robespierre ne diffère pas de celui de Vaillant » ?

Clemenceau condamnera la terreur, d'où qu'elle vienne. Il était donc moins un bloc qu'il voulait le paraître.

Louise vit à Londres. Tranquille. Vaughan lui assure une mensualité à *L'Intransigeant*. Mais cette allocation est vite dépensée et elle lui réclame sans cesse des avances. Parmi les militants en exil, elle est la seule qui s'exalte aux attentats anarchistes en France. Kropotkine et Malatesta, sans désavouer ouvertement leurs auteurs, observent que leurs actes sont vains et déconsidèrent une action qui doit plutôt s'orienter vers des opérations collectives, comme la grève générale. Contredisant ses anciens propos incendiaires, qui n'ont pas été sans effet sur l'émergence du terrorisme anarchiste, Pierre Kropotkine écrit :

« Ce n'est pas par des actes héroïques que se font les révolutions... La Révolution, avant tout, est un mouvement populaire... Lorsque les révolutionnaires russes eurent tué le tzar [...] les anarchistes européens s'imaginèrent qu'il suffirait désormais d'une poignée de révolutionnaires ardents, armés de quelques bombes, pour faire la révolution sociale... Un édifice basé sur des siècles d'histoire ne se détruit pas avec quelques kilos d'explosifs. »

En France, Sébastien Faure, Emile Pouget, Jean

Grave[44], réprouvent aussi la « propagande par le fait ». En quoi ils se montrent fidèles au grand ancêtre de la Commune, l'ami de Louise Michel et de Georges Clemenceau, Jules Vallès, qui écrivait dans *Le Cri du peuple*, le 9 janvier 1885 :

« Mais vraiment je souffre de voir quelques généreux se figurer que le salut des pauvres tient à la mèche d'une bombe qui éclate à temps, d'une mine qui saute à propos, comme si cela changeait quelque chose à l'avenir de l'humanité que la pelure ou la panse d'un Hohenzollern fût décousue ou trouée... L'assassinat politique isolé ne porte pas... Mais nous n'en gardons pas moins notre estime à ceux qui, emportés par une théorie fausse et mus par une conviction vraie, font à un moment donné un acte inattendu et que l'on maudit. »

Louise Michel se repose. Elle exalte les attentats anarchistes en France, en même temps elle avoue beaucoup aimer en Angleterre la reine Victoria. A Paris, les éditions Fayard publient un recueil de ses poèmes : *A travers la vie*. Elle envoie ses *Mémoires* à Sarah Bernhardt avec cette dédicace :

Vous dans votre triomphe et moi je ne sais où,
Vous restant à jamais à l'apogée immense,
Moi, quel que soit sur moi le bruit ou le silence,
Nous ne faiblirons pas et nous mourrons debout.

Comme elle ambitionne de voir Sarah Bernhardt jouer son drame *Prométhée*, elle lui en adresse une copie, avec d'autres vers :

Toutes deux nous aimons les grands fauves superbes...

Deux jours après l'explosion de la bombe d'Auguste Vaillant à la Chambre des députés, Casimir-Perier, président du Conseil, avait présenté la première des trois lois qualifiées par Clemenceau de « scélérates ». Adoptée par une majorité de quatre cent treize voix (contre soixante-trois socialistes et quelques radicaux), pendant toute l'année 1894 les rafles allaient s'intensifier dans la mouvance anarchiste. Perquisitions, arrestations, condamnations, se succédaient à un rythme effréné. L'anarchie étant assimilée à une « association de malfaiteurs », quatre cent vingt-six militants étaient appréhendés et tous les journaux libertaires suspendus, notamment *Le Père Peinard* de Pouget et *La Révolte* de Jean Grave[45].

Le 6 août, Sébastien Faure, Jean Grave et Félix Fénéon comparaissaient devant la cour d'assises. Pouget et Paul Reclus, en fuite, n'avaient pu être incarcérés. Ce procès, demeuré fameux sous le nom de procès des Trente, ne réunissait en réalité que dix-neuf théoriciens de l'anarchie, les onze autres inculpés se réclamant de l'anarchie n'étaient que des repris de justice mélangés aux politiques par une manœuvre habituelle de la magistrature destinée à disqualifier les militants.

L'avocat général ayant interdit à la presse de reproduire les interrogatoires de Jean Grave et de Sébastien Faure, Rochefort écrivait dans *L'Intransigeant* :

« Ce procès est bien en effet, comme on l'a intitulé, celui d'une association de malfaiteurs. Seulement les malfaiteurs et les associés sont sur les chaises des magistrats. »

Fidèle Rochefort qui, à Londres, sur la demande de Louise, cache Paul Reclus et donne de l'argent à Pouget pour qu'il puisse éditer *Le Père Peinard.*

La manigance de la cour, trop grossière, indisposa les jurés qui, contre toute attente, acquittèrent tous les prévenus politiques et condamnèrent les droit commun aux travaux forcés.

Cet acquittement spectaculaire contribua sans doute à ce que l'anarchie terroriste disparaisse provisoirement au profit du syndicalisme révolutionnaire. Après l'assassinat suprême, c'est-à-dire celui du chef de l'Etat, Sadi Carnot, la succession d'attentats anarchistes se trouve soudain bloquée[46]. A Londres, Pouget, observant les résultats du trade-unionisme, se ralliera aux principes du syndicalisme. Un changement de tactique s'observe chez tous les leaders anarchistes qui vont désormais disputer aux marxistes l'action syndicale en récusant leur réformisme, qui vont aussi mettre en alerte les ouvriers contre les socialistes autoritaires en passe, prédisent-ils, de devenir leurs futurs oppresseurs.

VII

A Londres, Louise qui, finalement, en a assez de l'Angleterre, se prépare à partir aux Etats-Unis. Sébastien Faure, alerté, se précipite en Grande-Bretagne et adjure Louise de revenir en France.

Le 9 novembre 1895, *L'Intransigeant*, le journal de Rochefort, annonce le retour triomphal de Louise Michel qui, le 16, prononcera une conférence au Tivoli-Vaux-Hall.

A la gare Saint-Lazare, accompagnée de son inséparable Charlotte Vauvelle, l'accueil est moins enthousiaste qu'à son retour de Nouvelle-Calédonie, mais Sébastien Faure, Pouget, Malato, Jean Grave, l'attendent.

Le lendemain, Vaughan donne une grande réception à *L'Intransigeant*. Au Tivoli-Vaux-Hall, le spectacle est tout à fait réussi. Il y a des gens du monde, des curieux et dans les tribunes, Sidonie, la fille de Vaillant le guillotiné, constitue une attraction supplémentaire. Toute la presse, de l'extrême gauche à l'extrême droite, loue la « sainteté laïque » de Louise.

Très vite, Sébastien Faure l'entraîne dans une tournée de conférences destinée à financer un nouveau journal : *Le Libertaire*.

Louise surprend son public par la dégradation de son aspect physique. Amaigrie, ridée, tassée par l'âge (elle a soixante-cinq ans), elle néglige encore plus qu'autrefois la manière de se vêtir. Ses chapeaux cabossés sont devenus légendaires, mais elle apparaît le plus souvent chaussée de savates, ses jupes attachées par des épingles. Un témoin, Armand Dayot, la décrit « coiffée d'un chapeau de salutiste, ou de quakeresse avec, sur la jupe noire de quelque deuil éternel, une cloche de fourrure donnée par Rochefort ».

Toutefois, dès qu'elle commence à parler, le charme se renouvelle. Sa surprenante voix faible, très douce, requiert l'attention et le silence. Elle parle de la femme et du socialisme, préconise l'union libre, s'élève contre la prostitution et le suffrage universel « qui a consolidé l'Empire ».

Le retour de Louise Michel en France fait beaucoup plus de bruit que la condamnation pour haute trahison d'un officier, considérée comme un fait divers sans grande importance. Toute la gauche, des radicaux aux anarchistes, en passant par les socialistes, s'étonne néanmoins de la mansuétude de la justice envers cet officier traître pour lequel aurait dû être requise la peine de mort. Ce capitaine Dreyfus n'est-il pas un privilégié, fils d'une famille enrichie dans l'industrie ? Officier bourgeois, Dreyfus est un ennemi de classe. Pour Jean Jaurès, nouveau leader du Parti socialiste, « l'indulgence de la loi envers un Judas à trois galons » reste incompréhensible. D'autant plus scandaleuse que, quelques semaines après le départ de Dreyfus pour Cayenne, un jeune soldat avait été fusillé pour avoir jeté un bouton de son uniforme à la tête du président du conseil de guerre.

Jules Guesde, qui représente, on le sait, le socialisme marxiste, écrit de son côté :

« Libre à la bourgeoisie politicienne et littéraire de se diviser sur la culpabilité ou l'innocence d'un capitaine d'état-major et de s'entre-déchirer au nom de la patrie, du droit, de la justice et autres mots vides de sens tant que durera la société capitaliste. Les prolétaires, eux, n'ont rien à faire dans cette bataille qui n'est pas la leur. »

Et là, Clemenceau s'insurge. Lui aussi est encore persuadé de la culpabilité de Dreyfus, mais il place au-dessus de tout l'idée de la justice pour chaque individu, en dehors des notions de classe. Dans le socialisme de Guesde et de Lafargue, il voit apparaître une nouvelle intolérance. « Jamais, dit-il, je ne consentirai à entrer dans les couvents et les casernes que vous entendez nous préparer... Comment un chef socialiste a-t-il pu proférer cette parole sacrilège qu'il y a un combat de justice dont le socialisme n'est pas ? Le prolétaire ne peut se désintéresser de rien quand un droit d'humanité est en jeu... Dire qu'il n'y aura ni droit, ni patrie, ni justice aussi longtemps que le dogme marxiste ne sera pas réalisé, c'est rayer d'un mot trop facile toute l'histoire humaine. »

Clemenceau n'accepte qu'un seul socialisme, celui qui va de Proudhon à Jaurès. Jaurès et Clemenceau seront très proches dans cette dernière décennie du XIXe siècle, Jaurès qui décrivait Clemenceau « imbu de traditions révolutionnaires ».

Pendant deux ans, Dreyfus sera abandonné sur son rocher de l'île du Diable, en Guyane. Jusqu'à ce qu'un jeune poète parnassien, lié au mouvement libertaire, collaborateur à *Temps nouveaux* de Jean Grave, publie en 1896 une brochure : *La Vérité sur l'affaire Dreyfus*.

Que Bernard Lazare ait été lié au mouvement libertaire a pu faire illusion et donner aux anarchistes un rôle dans la révision de l'affaire Dreyfus, rôle qu'ils n'ont malheureusement pas tenu. Bien au contraire, tous, ou presque tous, ont été entraînés dans la campagne antisémite qui se déchaînera sous le prétexte que le capitaine Dreyfus était d'origine juive.

En réalité l'offensive antisémite durait depuis dix ans, depuis la publication de *La France juive* d'Edouard Drumont (1886). Il exista même alors un périodique intitulé *Le Pilori* (titre repris pendant l'occupation allemande de 1940-1945 et avec les mêmes ignominies). Le rédacteur en chef, Mariotte, commentant avec admiration Drumont, écrivait :

« Videz le Juif... Découvrez le Juif et quand, de ses flancs éventrés s'échapperont les liards... »

Le ton était donné.

Peut-être la suspicion, puis la certitude de la trahison de Dreyfus, furent-elles une conséquence de la campagne féroce de Drumont contre les officiers juifs de l'armée française. Ces officiers étaient en effet nombreux, la plupart, comme Alfred Dreyfus, venant d'Alsace par patriotisme et d'une conduite irréprochable. Révolté par le slogan : « Les épées juives ne sont pas des épées françaises », le capitaine de dragons Crémieu-Foa ira se sacrifier au combat pour ce qu'il s'obstinait à appeler sa patrie. Quant au capitaine Armand Mayer, outragé par le marquis de Morès qu'il provoqua en duel, il fut mortellement blessé dans le combat.

Jusqu'à ce que Clemenceau, finalement persuadé de l'innocence de Dreyfus, publie dans *L'Aurore*, le 13 janvier 1898, la lettre au président de la République d'Emile Zola qu'il intitulera : *J'accuse* (mais Dreyfus est déjà condamné depuis quatre ans et isolé au bagne), la presse libertaire partagera avec l'extrême droite la plus infâme campagne antisémite.

Emile Pouget écrit dans *Le Père Peinard* (autorisé à reparaître, comme toutes les autres publications anarchistes, dès 1895) :

« Les patriotards sont en fureur. Un de leurs plus rupins galonnés, un youtre alsacien, Dreyfus, grosse légume au ministère de la Guerre, a bazardé un tas de secrets militaires en Allemagne. Ohé, les bourgeois, ne vous épatez donc pas ; les militaires ont ça dans le sang. »

« Dreyfus innocent ? Dreyfus coupable ? Je n'en sais rien, écrit Jean Grave – et peu m'en chaut, puisque, après tout, il ne subit que les inconvénients d'un système qu'il avait mission de défendre. »

« La personnalité de Dreyfus m'est indifférente, déclare Sébastien Faure. Comme officier, il appartenait à cette caste d'individus qui commanderaient le feu contre moi et mes amis demain, si, demain, la révolte s'affirmait... A ce titre, il m'est plutôt antipathique. »

Difficile pour les anarchistes de se passionner pour un officier de carrière dont Emile Pouget dit :

« J'ai beau le reluquer sous toutes les coutures, je ne trouve en lui que l'officier.

« Et nom de Dieu, je ne perds pas de vue que s'il

était arrivé un coup de chambard à l'époque où le capitaine Dreyfus se pavanait, chamarré de galons, il aurait paradé dans le clan des fusilleurs, à la droite de Galliffet. »

Il fallait avoir l'intelligence pratique de Clemenceau, son sens aigu de l'équité, pour placer au-dessus des passions l'idée de la justice pour tous, même pour le clan des militaires qu'il exècre.

Sans absoudre les égarements des anarchistes, l'hystérie de nombre d'intellectuels permet de mieux les comprendre. Lorsque, après le suicide du commandant Henry, et que sa forfaiture qui avait amené la condamnation de Dreyfus sera qualifiée de « faux patriotique », une souscription à sa mémoire ne sera-t-elle pas patronnée par Paul Valéry, Maurice Barrès, François Coppée, Pierre Louÿs, Paul Léautaud, etc. ?

Le 18 juin 1896, Louise Michel retournée à Londres participe au Congrès international socialiste des travailleurs, le 27 juillet. Les leaders de toutes les obédiences socialistes sont là. Sociaux-démocrates allemands (Wilhelm Liebknecht et August Bebel), marxistes (Guesde et Lafargue), blanquistes (Edouard Vaillant), socialistes indépendants (Jaurès), socialistes libertaires (Jean Grave, Pouget, Louise Michel).

La majorité marxiste qui se dessine dans l'Internationale ouvrière condamnant l'anarchisme exclut

Emile Pouget, Jean Grave et Louise Michel. La rupture, déjà effective, est désormais consommée entre socialisme et anarchisme.

Avec cet art de la récupération qui ne cessera de distinguer les marxistes, Jules Guesde s'approprie *L'Internationale* du vieil anarchiste Eugène Pottier qui n'y peut mais (il est mort en 1887), ce chant révolutionnaire que le journal anarchiste *L'Agitateur* avait publié pour la première fois le 17 avril 1892.

Louise se braque contre cette orthodoxie qui phagocyte la famille socialiste et, lucide, discerne la naissance d'une « religion d'Etat », d'une « nouvelle Papauté ». Comme Georges, elle en dénonce la « hiérarchie infaillible » :

« Si je n'étais pas anarchiste de vieille souche, le congrès parlementaire de Londres m'aurait fait anarchiste. Ce congrès est plus exclusif encore que les Chambres de Badinguet... Ce congrès prouve que le meilleur, le plus intelligent, le plus dévoué des hommes sera pire que ceux qu'il cherche à remplacer. »

Louise ne fréquentera plus que les meetings anarchistes. Sébastien Faure lui organise des tournées de conférences à Bordeaux, Toulouse, Agen, Nîmes, Montpellier, Lyon, Dijon. Des milliers d'auditeurs accourent et, parmi eux, malgré l'exclusion de Louise, des socialistes et autres révolutionnaires de toute obédience qui l'acclament, tout en conspuant néanmoins souvent Sébastien Faure. Plutôt que strictement anarchiste, quoi qu'elle dise, Louise Michel est donc plutôt considérée comme la pasionaria de toutes les causes révolutionnaires. Depuis longtemps vedette qui attire les foules, autant par curiosité que par conviction politique, elle n'en est pas dupe, disant qu'elle « va faire le phénomène ».

Ses « mauvaises fréquentations », notamment celle de Rochefort, que ses camarades considèrent comme un traître, et de celle qu'elle appelle sa « chère amie », la duchesse d'Uzès, amènent bien quelques récriminations chez les anarchistes. Toutefois Louise, rescapée de la Commune et de la Nouvelle-Calédonie, figure emblématique, demeure intouchable.

Revenons un peu en arrière.

En mars 1896, le nouveau chef de service des renseignements, le commandant Picquart, découvre que la trahison attribuée à Dreyfus serait plutôt l'œuvre d'un officier dévoyé, d'origine hongroise, Esterházy. L'état-major répond à Picquart en le déplaçant en Tunisie et continue à falsifier le dossier Dreyfus. L'affaire est étouffée.

Installé 6, rue Franklin, dans l'ancien appartement de Robert de Montesquiou, Georges Clemenceau se lève tous les jours à trois ou quatre heures du matin et, bien qu'il ait à son service une « grosse

Vendéenne », Thérèse, il réchauffe lui-même sa soupe à l'oignon qui, jusqu'à la fin de sa vie, constituera son petit déjeuner.

Lié à de nombreux peintres (Manet, Eugène Carrière, Raffaëlli feront son portrait), il retrouve souvent chez Octave Mirbeau celui qui est devenu son grand ami : Claude Monet.

Au cours du dernier trimestre 1897, le blanquiste E. Vaughan, ancien rédacteur-administrateur de *L'Intransigeant*, fonde à Paris un nouveau quotidien « républicain socialiste », *L'Aurore*. Clemenceau abandonne *La Justice* et entre comme simple rédacteur au journal de Vaughan. Chaque jour, en première page de *L'Aurore*, il va pourfendre ce qu'il appelle « la faction du sabre... la jésuitière bottée aux ordres des congrégations romaines ».

Antimilitariste, anticlérical, Clemenceau demeure un roc.

« Quand on ne sait pas de qui est un mot, écrit Charles Péguy, on dit qu'il est de Clemenceau. »

Jules Renard (que Maurice Barrès et Léon Daudet appellent « poil de Vallès », en raison de l'influence évidente de *L'Enfant* sur *Poil de carotte*) écrit dans son *Journal* :

« "Si j'avais vingt ans, dit Clemenceau, je poserais une bombe sous tous les monuments publics." On dit ça, monsieur Clemenceau, quand on a soixante ans. »

Car Clemenceau, en effet, a déjà soixante ans. Eloigné du pouvoir, ne disposant d'aucune représentation parlementaire, sa seule force est sa plume et elle égratigne, déchiquette.

Mathieu Dreyfus, frère du condamné, et Bernard Lazare, qui avaient éventé depuis longtemps le complot raciste de l'état-major, ont convaincu le vice-président du Sénat, Scheurer-Kestner, de l'erreur judiciaire et de l'innocence du capitaine Dreyfus. D'autant plus qu'en Tunisie, où il est relégué, le colonel Picquart ne contient pas son indignation.

Le 11 janvier 1898, Esterházy, finalement publiquement accusé, est acquitté par le tribunal et le colonel Picquart puni de soixante jours de forteresse. Quant à Scheurer-Kestner, il est évincé de la vice-présidence du Sénat.

« J'assistais, écrit Romain Rolland dans ses *Mémoires*, à la séance sinistre du Sénat où le vieux Scheurer, grand, droit, pâle, la barbe blanche avec des mèches jaunes, l'air austère et guindé d'un huguenot du XVIe siècle, gravissait les marches de la tribune, d'un pas saccadé, comme s'il montait à l'échafaud. C'en était un que cette estrade, où il lisait son honnête appel à la raison et à la justice, d'une voix forte, lente, lourde, glacée, au milieu d'une assistance hostile, aveugle, féroce, qui ponctuait le discours de huées et de rires insultants. Même quand il conjurait ses collègues de se souvenir au moins qu'il était le dernier député de l'Alsace française, cette touchante évocation qui, à d'autres moments, eût ému l'auditoire, tombait dans l'indifférence hostile. Quand il descendit de la tribune, ce fut comme s'il descendait dans la tombe ; un silence cruel le recouvrit. »

Auguste Scheurer-Kestner, on s'en souvient, est un ami de jeunesse de Clemenceau. Nous avons vu que, après l'écrasement de la Commune, menacé par le triomphe versaillais, Clemenceau s'était réfugié en Alsace dans la famille Scheurer-Kestner. Ils se sont retrouvés avec enthousiasme pour une nouvelle cause.

Le 13 janvier 1898, *L'Aurore* publie en première page la « Lettre au président de la République », écrite par Emile Zola, convaincu par Scheurer-Kestner de l'innocence du capitaine. Comme tous les paragraphes commencent par « J'accuse », Clemenceau reprend ce leitmotiv et le donne pour titre au pamphlet, en lettres énormes et en première page du journal. *L'Aurore* tire ce numéro à trois cent mille exemplaires, chiffre alors considérable. Il n'y a plus de bombes anarchistes, mais Clemenceau vient de faire exploser une terrible bombe journalistique qui déchirera les Français pendant de longues années.

A partir de là, toute la société française, dans tous

les milieux, dans toutes les classes, se séparera entre dreyfusards et antidreyfusards. Barrès, Drumont, Alphonse et Léon Daudet, Pierre Loti, Jules Verne, Paul Bourget, Degas, François Coppée, Paul Léautaud, Pierre Louÿs, Huysmans, Henri Rochefort, seront antidreyfusards. Clemenceau, Zola, Jaurès, Mirbeau, Claude Monet, Charles Péguy, Proust, Gide, Mallarmé, Jules Renard, Maeterlinck, Anatole France, seront dreyfusards.

Il y eut même des juifs antidreyfusards : Arthur Meyer, journaliste, propriétaire du *Gaulois* ; Alfred Naquet, sénateur du Vaucluse, tous les deux ex-boulangistes.

Et puisque les dreyfusards portent au pinacle le *Balzac* de Rodin, le sculpteur, qui ne veut pas être suspecté de sympathie politique « de gauche », renonce à la souscription lancée par ses amis pour que l'œuvre soit offerte à la Ville de Paris. Exaspéré, Clemenceau dira de Rodin qu'il était « bête, vaniteux et qu'il aimait l'argent », lui reprochant surtout son ingratitude vis-à-vis de son ancien secrétaire bénévole, Rainer Maria Rilke.

Tous les jours, *L'Aurore* continue sa campagne pour que le procès du capitaine Dreyfus soit cassé et l'innocence du condamné révélée. Clemenceau qualifie d'intellectuels ceux qui se rallient à sa cause. Le « parti » des intellectuels vient de naître. Léon Daudet parle des « intellectuels de Clemenceau » et dit de ce dernier qu'il « a été l'un des meneurs de l'affaire Dreyfus, des plus acharnés, des plus butés, des plus nocifs ».

Les antidreyfusards, qui accablaient « l'officier juif » s'en prennent désormais à Clemenceau, à Zola. Barrès déclare :

« Quand bien même leur client serait un innocent, ils demeurent des criminels... Leur complot divise, désarme la France. »

On accuse Clemenceau d'être vendu aux juifs, comme on l'avait accusé d'être vendu aux Anglais.

Le 26 février, excédé par les injures de Drumont qui reprend les accusations de « Clemenceau communard » (« Maire de Montmartre, vous étiez le complice du juif Simon Mayer qui assassinait nos généraux »), Clemenceau provoque Drumont en duel. Ils se battent au pistolet, parc des Princes. Mais tous les deux ratent leur cible.

Le ministre de la Guerre ayant déposé plainte contre Emile Zola et le gérant de *L'Aurore*[47] – car si l'on refuse de réviser le procès de Dreyfus, par contre on accuse Zola de forfaiture – Clemenceau accompagne le romancier à son procès et plaide de toute son énergie pour l'innocenter :

« Quand le droit d'un seul est lésé, le droit de tous se trouve en péril, le droit de la nation elle-même...

« Il me sera permis de parler contre la raison d'Etat. Tout l'effort de nos révolutions a été dirigé contre elle, et je la vois reparaître obliquement dans le gouvernement démocratique au moment même où nous la croyions à jamais extirpée des institutions que nous essayons de faire évoluer par le suffrage universel vers la liberté, vers la justice. »

Le jury populaire vote la culpabilité de Zola, condamné à un an de prison. Aussitôt Clemenceau et l'avocat Fernand Labori s'employèrent à faire passer Zola en Angleterre pour le soustraire à la justice.

Clemenceau a dit qu'au procès Zola, si le romancier n'avait pas été condamné, « pas un de ceux qui le soutenaient ne serait sorti vivant du Palais ». Et le peintre Henry de Groux relata la terreur de Zola devant l'hystérie assassine de la foule hurlante qui voulait le lyncher.

Le mouvement ouvrier, hostile à Dreyfus, finira par se rallier sans enthousiasme à la campagne de Clemenceau, appuyée par Jaurès.

Les anarchistes ne deviendront dreyfusards que très lentement. Le 16 janvier, trois jours après *J'accuse*, Emile Pouget, dans *Le Père Peinard*, attaquait encore les dreyfusards et, par-dessus le marché, l'antidreyfusard Rochefort.

« Le vieil exploiteur Scheurer-Kestner, tête de veau sénatoriale... Clemenceau, leur vis-à-vis avec, comme porte-queue, une chiée de types qu'on aimerait voir ailleurs... Le vieil antigouvernemental qu'est Rochefort prend ses tuyaux au ministère de la Guerre, emboîte le pas à tous les chiens d'encre fondsecrétiers. »

Le 1er juillet, Pouget récidivait dans son journal :

« L'anti-youpinisme est un sacré dérivatif, inventé pour servir de paratonnerre aux capitalistes crétins. «

C'est seulement le 4 septembre, neuf mois après *L'Aurore*, que Sébastien Faure entraînera néanmoins le mouvement anarchiste en publiant dans *Le Libertaire* un titre sur quatre colonnes :

« Dreyfus est innocent. »

Sébastien Faure avouera honnêtement :

« Nous avons eu le grand tort de ne nous élever ni assez tôt, ni assez vigoureusement, contre le courant antisémite. »

Emile Pouget et Jean Grave suivront, un peu à regret. Mais en 1899, la participation des anarchistes à la bataille dreyfusienne sera générale. Pouget profitera de l'émotion provoquée par le bagnard Dreyfus pour mener une campagne en faveur des anarchistes déportés à Cayenne, en vertu des « lois scélérates » de 1894. *L'Aurore* s'associera à la demande des anarchistes d'une amnistie générale. Mais le premier forçat anarchiste libéré par ce subterfuge ne retournera en France qu'en janvier 1900.

Et que devient Louise, dans tout ça ?

Depuis le boulangisme, ses deux plus vieux amis se placent dans des camps opposés et se combattent. Rochefort, de plus en plus nationaliste, vire vers l'extrême droite. Louise, qui ne veut se brouiller ni avec l'un ni avec l'autre, s'obstine à ne pas prendre parti. Comme elle refuse d'assister à des meetings où l'on attaque Rochefort, Sébastien Faure s'éloigne d'elle et la plupart des anarchistes dreyfusards l'évitent.

Un rapport de police, du 30 mai 1898, raconte que Clemenceau aurait proposé deux cents francs à Louise pour qu'elle se détache de Rochefort et collabore à *L'Aurore*. Mais elle ne collaborera à *L'Aurore* que par cette simple note :

« Je n'ai pas envoyé d'adhésion à qui que ce soit. »

Celle que Rochefort appelle « la grande innocente » n'est pas antisémite mais, comme lors du boulangisme, et pour les mêmes raisons, elle reste neutre. Ses conférences, désormais plus humanitaires que politiques, lui vaudront les éloges empoisonnés du *Figaro*, où on la compare à « un de ces admirables prêtres de campagne... un de ces saints rustiques, inconnus, modestes, toujours trottant vers les malheureux ».

Georges est mécontent de Louise. Rochefort l'est aussi, mais il continue à lui verser une pension.

La campagne de Clemenceau amenant la révision du procès Dreyfus, une seconde procédure s'ouvrit à Rennes, en septembre 1899. Craignant des incidents violents, Clemenceau et Zola restèrent à Paris. Prudence prémonitoire puisque Labori n'échappa que de peu à une tentative d'assassinat.

Le jury, embarrassé, accorde à Dreyfus les « circonstances atténuantes » et le condamne à dix ans de détention. Il en avait déjà accompli cinq. Quelles « circonstances atténuantes » ? Et pourquoi condamner un présumé innocent à une peine de prison ? Sinistre ironie de l'Histoire, le général Gaston de Galliffet, bourreau des communards, nommé ministre de la Guerre à la suite de l'affaire Dreyfus, accepte l'idée d'une grâce présidentielle. Cette éventuelle grâce divise violemment les dreyfusards. Si Dreyfus est innocent, c'est la cassation qu'il faut exiger et non la grâce. On ne gracie pas un innocent. Clemenceau, Labori, Picquart, Jaurès, s'opposent énergiquement à l'idée de grâce, exigeant que l'innocence de Dreyfus soit officiellement reconnue. Mais ils céderont finalement aux supplications de Mathieu Dreyfus, le frère du condamné :

« Il faut la grâce, la grâce sans retard, ou mon frère va mourir... brisé, se traînant à peine, toute sa force vitale épuisée. »

Le 19 septembre 1899 le président Loubet signera la grâce de Dreyfus. Ce même jour, mourut celui qui avait été à l'origine du dreyfusisme, Auguste Scheurer-Kestner.

VIII

POURQUOI Louise, qui n'a été mêlée en rien à l'affaire Dreyfus, qui évite Georges pour cette raison, et plus encore en raison de son amitié trop voyante avec Rochefort, pourquoi Louise Michel est-elle surveillée par la police d'une manière si tatillonne ?

Anarchiste, certes, elle le demeure, mais elle n'a plus guère de contact avec le milieu libertaire français qui évolue vers l'action syndicale. Emile Pouget n'est-il pas devenu rédacteur en chef de *La Voix du peuple*, hebdomadaire de la C.G.T. ? Puisqu'elle n'a voulu ni prendre parti dans la campagne innocentant Dreyfus, ni se séparer du boulangiste antidreyfusard Henri Rochefort, Sébastien Faure la rejette. Qu'elle vive aux crochets du marquis, qu'elle entretienne des relations amicales avec la monarchiste duchesse d'Uzès exaspère ses anciens compagnons. Décidément, Louise ne sera jamais « politiquement correcte ».

De plus, elle élude désormais dans ses conférences les sujets politiques, fait l'éloge de l'aristocratique Angleterre qu'elle croit plus humaine que la France républicaine, parle surtout de la condition féminine, évoque ses chers Canaques de Nouvelle-Calédonie. La presse se moque gentiment de la « vierge rouge », alors que, écrit *Le Matin* (8 décembre 1899), la nouvelle génération « ne connaît guère que les demi-vierges ».

Quoi qu'il en soit, la police observe avec soin ses tournées de conférences. A son insu. Des instructions sont données aux préfets sur les dates de ses départs, de ses arrivées, des lieux où elle se rendra. On note les numéros de train où elle prend place, le numéro du wagon et des billets. Elle ne voit pas que des inspecteurs voyagent en sa compagnie, qu'ils participent aux conversations et que, dans les villes où elle s'arrête, des indicateurs sont mêlés aux compagnons.

Pourtant, la foule n'accourt plus à ses conférences. Un rapport de police enregistre : « Pour Paris et la France, Louise Michel est finie. »

Si son action politique se délite, son œuvre littéraire s'étoffe. En 1898 elle a publié chez Stock (l'éditeur de Kropotkine) son *Histoire de la Commune*. Elle est désormais l'auteur d'une vingtaine de volumes : huit romans, trois pièces de théâtre, des essais, des contes, des nouvelles, des centaines de poèmes.

De tous ces livres, seuls ses *Mémoires* seront encore lus cent ans plus tard.

En novembre 1900, les Etats-Unis s'obstinant à lui refuser un visa d'entrée, elle renonce à y émigrer et retourne à Londres où elle restera toute l'année suivante. En étroite amitié avec Kropotkine, elle n'espère plus qu'en la révolution en Russie et aux prodiges de la science qui apporteront le bonheur à l'humanité.

« Je rêve, pour après le temps où tous auront du pain, le temps où la science sera le cordon bleu de l'humanité. »

En janvier 1901, Georges Clemenceau quitte *L'Aurore* et fonde un nouvel hebdomadaire, *Le Bloc*, dont il sera l'unique rédacteur, comme jadis Rochefort avec *La Lanterne*. Allusion au mot de 1891, ou au tableau que Claude Monet lui a dédié sous le même titre[48], ou au « Bloc des gauches » qui unit radicaux et socialistes depuis 1899 ?

Auréolé de ses années spectaculaires de journaliste politique, de sa victoire avec les dreyfusards, Clemenceau semble arrivé au sommet de sa carrière. Il a soixante et un ans.

Demeuré toujours en marge du pouvoir politique, ses nouveaux amis le poussent à briguer un poste.

Charles Péguy, Anatole France, Jean Jaurès [49], le verraient bien ministre, et même président du Conseil.

« Clemenceau n'est pas socialiste, écrit Anatole France. Je suis plus socialiste que jamais. Mais comme il est de longtemps impossible que les socialistes prennent le pouvoir, du moins en tant que socialistes… un ministère Clemenceau est de la logique des choses. »

Et Jean-Jaurès, dans *L'Humanité* (14 mars 1902) :

« C'est une joie pour tous les républicains, pour tous les démocrates, de voir rentrer dans l'action immédiate l'homme qui, assailli par tant de haines, avait opposé à l'orage une fermeté invincible et un infatigable labeur et avait sans cesse agrandi son idéal de justice sociale. »

Les élus du Var sollicitent Clemenceau pour qu'il postule à un siège de sénateur. Les élections de 1902 ont marqué l'écrasante victoire de la gauche radicale (quatre-vingt-seize députés radicaux et cent dix-neuf radicaux-socialistes). Clemenceau se laisse convaincre. Sur quatre cent soixante-sept suffrages exprimés, il obtient trois cent quarante-quatre voix. Clemenceau, qui avait toujours préconisé la suppression du Sénat, faisait avec cette victoire une première entorse à sa rectitude politique. D'autres reniements, plus graves, viendront. L'engrenage de la montée vers le pouvoir est enclenché.

Ses amitiés littéraires et artistiques lui donnent,

dans le milieu parlementaire, une dimension exceptionnelle.

Lorsque Emile Zola meurt, en cette même année 1902, curieusement asphyxié par les émanations toxiques d'une cheminée que des ouvriers avaient bouchée « par erreur », Clemenceau (avec Labori, Picquart et Mirbeau) participe au choix d'un sculpteur pour élever un monument à l'auteur de *J'accuse.* Mirbeau suggère Rodin qui refuse, craignant encore d'être récupéré par les dreyfusards. Maillol, alors proposé, accepte, mais le comité objecte qu'un sculpteur de « petites femmes nues » n'est peut-être pas très indiqué pour immortaliser le romancier de *Germinal.* Finalement, Constantin Meunier, naturaliste bon ton, sera choisi.

En décembre 1903, Charles Péguy décide de consacrer un de ses *Cahiers de la Quinzaine* à Georges Clemenceau, avec cette note liminaire :

« Un des événements les plus intéressants des récentes opérations politiques parlementaires, est la remontée constante et graduelle, raisonnée, de M. Clemenceau. »

Le texte de Clemenceau, *Discours pour la liberté*, qui plaide pour un enseignement secondaire libre au moment où le radical-socialiste Emile Combes mène le gouvernement qu'il dirige vers la séparation de l'Eglise et de l'Etat, témoigne une fois encore de la liberté de pensée du vieil ami de Louise.

Lui qui s'est battu pendant si longtemps pour la séparation de l'Eglise et de l'Etat, pour un enseignement laïque débarrassé de la tutelle de l'Eglise, s'élève maintenant, au nom de la liberté, contre certains de ses collègues radicaux qui proposent de « transférer la puissance spirituelle du pape à l'Etat... C'est un catholicisme civil, laïque, avec un clergé universitaire... Je repousse l'omnipotence de l'Etat laïque parce que j'y vois une tyrannie ».

Dans sa charge contre l'Etat tout-puissant, resurgit son vieux fond libertaire. Georges et Louise se sont éloignés, mais dans ce discours il est encore très près d'elle :

« Oui, nous avons guillotiné le roi, vive l'Etat-roi ! Nous avons détrôné le pape, vive l'Etat-pape ! Nous chassons Dieu, comme disent ces messieurs de la droite, vive l'Etat-Dieu ! Messieurs, je ne suis pas de cette monarchie, je ne suis pas de ce pontificat. L'Etat, je le connais, il a une longue histoire, toute de meurtre et de sang. Tous les crimes qui se sont accomplis dans le monde, les massacres, les guerres, les manquements à la foi jurée, les bûchers, les supplices, les tortures, tout a été justifié par l'intérêt de l'Etat, par la raison d'Etat. »

Et avec une lucidité qu'il ne partageait qu'avec les anarchistes, il dénonçait le danger que représentait le Parti socialiste marxiste de Guesde :

« Messieurs, le Parti socialiste est aussi un parti

étatiste, il ne dit pas L'Etat, il dit La Collectivité, mais c'est toujours la même religion. »

Clemenceau reprendra sa chronique quotidienne dans *L'Aurore* en 1903. Il est désormais débordé sur sa gauche non seulement par Guesde, mais par celui qu'il nomme « un très grand orateur, qui est l'honneur de la tribune française », Jean Jaurès. Jean Jaurès, socialiste indépendant, fondateur d'un nouveau journal, *L'Humanité*, refoule Clemenceau de la gauche vers les travées du centre, avec l'ensemble des radicaux.

Personne n'attend Louise à la gare Saint-Lazare lorsqu'elle revient d'Angleterre, le 15 mai 1902. Et c'est à pied, accompagnée de l'indéfectible Charlotte Vauvelle, qu'elle se rend rue Jacob, à l'hôtel Cronstadt.

Elle va néanmoins reprendre une tournée de conférences dans le Nord industriel où les grèves se succèdent. Puisque Sébastien Faure la rejette, d'autres organisateurs se présentent, personnages ambigus qui se situent certes dans la mouvance libertaire, mais relèvent plus de l'imprésario que du militant désintéressé. Janvion d'abord, qui ne manifeste pas le respect et l'affection que Sébastien Faure et Emile Pouget portaient à Louise. Il exploite cette conférencière vedette comme un phénomène à tiroir-caisse, ne se souciant ni de sa santé, de plus en plus défectueuse, ni de son âge. Comme les socialistes refusent leurs salles, elle parle souvent dans des lieux à moitié vides et ne soulève plus guère ni enthousiasme ni contradiction. Louise ne fait plus vraiment recette. Déçu, Janvion, après le fiasco des conférences, laisse parfois Louise et Charlotte seules, sans argent.

Janvion disparu, un nouvel imprésario apparaît, Ernest Girault que Jean Maitron, l'historien du *Mouvement anarchiste en France*, décrit comme un jeune homme « très prétentieux et infatué de lui-même ».

Grâce à Louise qui n'est pas dupe, mais qui n'a plus le choix de ses accompagnateurs, Girault se met en vedette. Il va exploiter jusqu'à l'épuisement cette petite vieille au répertoire usé, démodé. Très maigre, voûtée, Louise Michel marche difficilement. Sa voix est de plus en plus faible. Elle a soixante-quatorze ans.

Deux témoins ont souligné cette décrépitude et, en même temps, l'invraisemblable énergie qui la pousse à poursuivre son apostolat.

La belle, blonde et pulpeuse Séverine[50], l'égérie de Vallès, écrit dans ses *Pages rouges*, à propos de celle qu'elle appelle « une chrétienne dévoyée » :

« Pauvre fille ! Elle est disgraciée comme la misère, décharnée comme la faim, désexuée par la douleur.

On comprend, à la regarder, le drapeau triste qu'elle s'est choisi, étant elle-même un drapeau vivant, avec son maigre corps, qui fait hampe dans les plis flottants de ses vêtements noirs. »

Et Laurent Tailhade, dans sa préface aux œuvres posthumes de Louise Michel :

« Un visage aux traits masculins, d'une laideur de peuple, creusé à la hache, dans le cœur d'un bois plus dur que le granit, masque d'Euménide éclairé par les plus beaux yeux du monde, par des yeux de tendresse et de limpidité ; un front ovale de poète ou de prophète et, rudement implanté sur les tempes viriles, un bandeau pesant de cheveux gris... telle apparaissait au déclin de son âge celle que les gazettes capitalistes nommaient “la vierge rouge”, ses amis “la bonne Louise”. »

Comme elle s'est affiliée à la franc-maçonnerie, un nouveau public arrive. Ses propos sont désormais plus intellectuels, plus philosophiques que politiques. Néanmoins, en Bretagne, elle est menacée de mort et, vraisemblablement, à demi empoisonnée.

Cet échec en Bretagne l'empêche de rencontrer Séraphine Pageaud, que l'on disait la Vendéenne la plus célèbre depuis Mme de La Rochejacquelein. Cette Vendée de Georges Clemenceau l'intrigue. Séraphine Pageaud, Vendéenne anarchiste, ressemble à Louise par la violence de ses propos contre l'armée, contre la religion et pour l'émancipation des femmes. Les « lois scélérates » de 1893-1894 avaient dressé en Vendée la liste de vingt-quatre anarchistes, dont un ancien capucin. Ce qui conduira Sébastien Faure à venir prononcer à La Roche-sur-Yon une conférence sur « l'inexistence de Dieu ».

Etrange Vendée de Georges, moins simple qu'il n'y paraît !

En février 1904, Louise repart avec Girault (et bien sûr Charlotte Vauvelle) pour une tournée de conférences à Calais, Roubaix, Amiens. Les ouvriers n'écoutant plus que les syndicalistes, l'échec est flagrant. A Lyon, Marseille, Vienne, Avignon, les salles sont presque désertes.

Louise ne s'arrête pas, multiplie les interventions dans le bassin houiller de la Loire. Parfois elle réveille ses auditoires en exaltant les soldats à se révolter dans leurs casernes. L'un d'eux, ayant commis l'imprudent enthousiasme de venir l'embrasser, sera mis aux arrêts.

Elle évoque la Commune, si lointaine pour les jeunes. Plus de trente ans, déjà !

« Rouges comme le sang, noires comme la nuit de deuil, étaient les bannières des révoltés. »

A Arles, à Nîmes, elle est écoutée avec respect. Girault la conduit jusqu'en Algérie. Elle parle à Alger, à Sétif, s'exclame :

« L'islam, qu'on croyait endormi jusqu'à la fin des siècles, sera bientôt avec nous. »

L'espoir lui revient en apprenant que des grèves se multiplient en Russie :

« Regardez là-bas, en Russie... Au pays de Gorki, de Kropotkine, se passeront des événements grandioses. Je la vois monter, grandir, la Révolution qui balaiera le tzar, et les grands-ducs, et la bureaucratie slave. »

A Toulon, elle dénonce la guerre russo-japonaise. Comme Girault attaque Guesde et Jaurès, c'est-à-dire le socialisme parlementaire, les ouvriers boudent à tel point les conférences que Louise ne peut retenir ses larmes.

Epuisée, une pneumonie la terrasse. Girault télégraphie à Sébastien Faure : « Louise perdue. Question heures. Charlotte évince amis. Craignons adverse. »

Charlotte évince amis ? En réalité Charlotte Vauvelle a prévenu aussitôt les vieux amis de Louise : Rochefort et Clemenceau. Le premier paye le voyage de retour de Louise Michel à Paris et le second la soigne efficacement de sa pneumonie.

Louise ne meurt pas, pardonne à Girault son lâchage et repart inconsidérément avec lui en tournée. Au Havre, ils font salle comble. La popularité revient.

Quant à Clemenceau, toujours blanquiste, il préside en 1905 la commission qui choisit Maillol pour élever un monument à l'ancien chef de l'opposition républicaine. Inauguré à Puget-Théniers, ville natale de Blanqui, *L'Action enchaînée* représente une femme nue brisant sa chaîne de prisonnière.

En cette même année, Ferdinand Buisson, membre du Parti radical, si imprégné de la pensée de Clemenceau, déclare :

« Si la nation a voulu que tous les établissements soient exclusivement laïques, c'est que légalement et officiellement le pays n'a ni Dieu ni maître. »

« Ni Dieu ni maître », la célèbre devise de Blanqui.

Le 9 janvier 1905, à dix heures, meurt Louise Michel dans sa chambre de l'hôtel L'Oasis, à Marseille.

Comme elle avait demandé d'être enterrée avec sa mère à Levallois-Perret, près de Théophile et de Marie Ferré, Henri Rochefort télégraphie à Charlotte Vauvelle : « Occupez-vous de la ramener. Je me charge de tout. «

Mais Charlotte est désormais chapitrée par Girault, qui ne veut plus laisser échapper Louise et qui ose télégraphier à Rochefort :

« Vivante et bonne n'avions pas le droit de lui enlever ses amitiés. Morte, n'avez plus le droit de vous en occuper, puisqu'elle appartient à la cause révolutionnaire que vous avez trahie. Gardez votre argent, monsieur. Comme Marseille, le Paris anarchiste et révolutionnaire fera le nécessaire. »

Le 14 janvier, Rochefort répond dans *L'Intransigeant* :

« N'ayant jamais rien fait pour Louise, les anarchistes tiennent maintenant à promener son cadavre. Je leur fais bien volontiers cadeau de ce trophée qu'ils ont conquis à peu de frais... Cette pauvre Louise a passé sa vie à se faire exploiter par des fainéants qui lui raflaient son argent. »

Que les anarchistes n'aient « jamais rien fait pour Louise » est évidemment exagéré. Toutefois, elle a plus donné à l'anarchie, dont elle a été l'incarnation pendant le dernier tiers du XIXe siècle, qu'elle continue encore à incarner, que les anarchistes ne lui ont donné, si l'on excepte Emile Pouget, Kropotkine et Sébastien Faure.

Mais, nous l'avons vu, depuis le boulangisme et l'affaire Dreyfus, les leaders anarchistes se sont éloignés de Louise qui, elle-même, s'éloignait de la voie libertaire. Louise n'a plus trouvé pour organiser ses conférences que ce que Rochefort appelle des « barnums » qui « empochent les recettes ».

Chasser Rochefort que Louise a toujours appelé « mon cher compagnon de route », Rochefort, son camarade de déportation en Nouvelle-Calédonie, celui qui lui a assuré toute sa vie sa sécurité matérielle, celui qui, aux obsèques de Marianne, se trouvait en tête du cortège avec Vaughan et toute la rédaction de *L'Intransigeant* ; celui qui, lors du procès des Trente, sur la demande de Louise, cacha Paul Reclus à Londres et donna à Pouget l'argent nécessaire pour faire reparaître *Le Père Peinard* ; chasser Rochefort est non seulement lui faire affront, mais faire affront à la vie de Louise qui, comme toute autre vie, eut sa part de contradictions et de complexités.

Le 11 janvier, deux mille personnes viennent devant l'hôtel L'Oasis pour accompagner Louise au dépositoire du cimetière, avant d'embarquer le corps pour Paris. Le maire socialiste de Marseille, président du conseil général, est là. Hier encore, pourtant, les socialistes refusaient leurs salles à la conférencière.

Le 22 janvier, à Paris, gare de Lyon, à neuf heures du matin, le cercueil est descendu du wagon qui le ramène de Marseille. Il disparaît sous les couronnes déposées par les délégations socialistes, l'Union des instituteurs et institutrices des Bouches-du-Rhône, des cercles antimilitaristes, des syndicats, le journal *L'Humanité*. Pendant que Girault surveille Charlotte Vauvelle, arrivent Sébastien Faure et Emile Pouget (qui, hier, ne voulaient plus voir Louise Michel) ; arrivent Vaughan, Malato, Séverine et quelques derniers survivants de la Commune : Vaillant, Camélinat[51], Beatrix Excoffon[52]. Le vénérable de la loge

« La philosophie sociale », ayant voulu épingler les insignes maçonniques sur le drap rouge recouvrant la bière, Sébastien Faure proteste : « Louise Michel n'est à personne. » Il semble bien, au contraire, qu'elle ait été récupérée par tout le monde, sauf par ses deux vieux et indéfectibles amis, Henri Rochefort et Georges Clemenceau, qui n'assisteront pas aux obsèques.

Par contre, le préfet de Paris a flanqué les funérailles de Louise d'un service d'ordre si considérable que l'on eût pu croire qu'il s'agissait d'obsèques nationales. Cent fantassins et cinquante cavaliers à l'extérieur de la gare de Lyon. Des centaines de cavaliers et de fantassins le long du parcours, sans compter les effectifs de police de tous les quartiers traversés. Jules Renard, qui ne perd aucune occasion d'ironiser, écrit dans son *Journal* :

« Quelqu'un demandait à l'enterrement de Louise Michel : "Est-ce pour lui faire honneur qu'il y a tant de troupe ?" »

Les blanquistes, d'accord avec Rochefort, protestent contre l'accaparement du corps de Louise « par quelques louches individualités ». L'Union des syndicats invite ses adhérents à se rendre anonymement aux obsèques et ne se fait pas représenter. Quant à Libertad, sur ses béquilles d'infirme, anarchiste virulent prêchant l'illégalisme, il trouve non seulement cette cérémonie ridicule, mais se gausse de cette

« vierge rouge » de soixante-quinze ans. « Il y a longtemps qu'elle a perdu sa virginité », clame-t-il. On proteste contre le sacrilège. Libertad s'éloigne en vociférant : « Vous êtes tous des imbéciles. »

A dix heures le cortège quitte la gare de Lyon et se dirige vers le boulevard Diderot. Derrière un char portant une trentaine de couronnes, le corbillard des pauvres traîné par deux chevaux est recouvert d'un drap rouge et noir. La souscription ouverte pour l'enterrement ayant produit un millier de francs, la cérémonie sera grandiose. Dans les rues, aux balcons, sur les toits, une foule de curieux s'amasse. Rien de semblable depuis les obsèques de Victor Hugo.

De la gare de Lyon à Levallois-Perret, cent vingt mille personnes, pendant quatre heures, vont suivre le cortège. Lépine, le préfet de police, avait interdit de chanter et d'arborer des drapeaux rouges. On chante néanmoins *L'Internationale* et *La Carmagnole* et la police se contente d'arracher quelques drapeaux.

A deux heures vingt, le maire socialiste de Levallois-Perret accueille le cortège aux sons d'une marche funèbre jouée par la musique municipale. Trente personnes seulement purent entrer dans le cimetière exigu pour assister à la descente du cercueil dans la tombe de Marianne Michel.

Le même jour, à Saint-Pétersbourg, un cortège pacifique d'ouvriers, de femmes, d'enfants, marchait vers le palais du tzar pour lui présenter humblement les doléances du peuple. Effrayé, l'empereur fit tirer sur cette foule sans armes. Le premier épisode de la Révolution russe commençait.

Epilogue

LA Révolution russe, que Louise Michel appelait sans cesse de ses vœux, l'aurait sans doute exaltée en 1917. D'autant plus que son ami Kropotkine s'y était aussitôt imprudemment rallié, quittant précipitamment Londres pour Moscou. Une fois de plus, elle y aurait ensuite constaté, avec dépit, les effets pervers du pouvoir.

Ce pouvoir qui va aussi avaler Georges Clemenceau, dans lequel il va se complaire et se renier, peut-être pas renier totalement Blanqui qui était un sacré jacobin intolérant, mais renier Louise, renier l'esprit libertaire. Louise morte juste à temps pour ne pas voir Georges succomber à l'appétit des honneurs[53].

Il s'amuse d'abord du pouvoir, Georges, il s'en moque, en plaçant le « traître » Picquart (traître pour l'armée qui se croit déshonorée par cet officier désobéissant dans l'affaire Dreyfus) au ministère de la

Guerre lorsqu'il devient président du Conseil en 1906.

Bernanos, dans *La Grande Peur des bien-pensants*, écrit à la mémoire de Drumont, ne s'y est pas trompé lorsqu'il dénonce « le pirate de la politique », arraisonnant le ministère de l'Intérieur et quelques semaines plus tard la présidence du Conseil... « faisant aux prétoriens la bonne blague de nommer Picquart chef suprême de l'armée. Ah ! Ah ! Vous voyez d'ici leurs gueules ! »

Clemenceau, souligne Bernanos, qui « s'intitule lui-même le Premier des flics ».

Et Dreyfus réhabilité, qui reçoit la Légion d'honneur, quel rire sarcastique chez Clemenceau. Ah ! comme il les hait bien, ses adversaires de la droite, et même lorsqu'il dérape vers la droite, il prend plaisir à leur lancer des crocs-en-jambe.

Il faut dire que cette année 1906 ne pouvait être pire pour un ministre de l'Intérieur. L'ère des grandes grèves commence avec l'essor du syndicalisme que Clemenceau n'avait cessé d'encourager jadis, ne s'opposant jamais à une action ouvrière. Le 10 mars, dans le Pas-de-Calais, mille deux cents mineurs sont tués dans la catastrophe de Courrières. Clemenceau va pour apaiser les familles puis, comme ses prédécesseurs qu'il invectivait, envoie la troupe. Comme il enverra l'armée, l'année suivante, réprimer la grève des vignerons dans le Sud.

A-t-il alors oublié Louise qui l'exhortait à n'entrer dans aucun gouvernement, ce qu'il observera jusqu'à ce qu'arrive pour les autres l'âge de la retraite ? Il semblerait qu'après soixante-cinq ans, Clemenceau, avec une sorte de fureur masochiste, d'exaltation perverse, se soit appliqué à piétiner sa jeunesse.

A-t-il oublié qu'il souhaitait, dix ans seulement auparavant, réduire l'action des gouvernants « à son minimum de malfaisance » (*Le Journal*, 11 mars 1895) ?

Que l'on ne se trompe pas, ce sont les élections de 1906 qui ont porté le Bloc des gauches au pouvoir (cent quinze radicaux, cent trente-deux radicaux-socialistes, soixante-quatorze socialistes). Et c'est ce Bloc des gauches qui donne le pouvoir à Clemenceau. Tout naturellement, la gauche au pouvoir n'est plus la gauche.

Et Clemenceau a contre lui la C.G.T., dirigée par le petit-fils d'un fusillé de 1848, fils d'un communard, Léon Jouhaux.

L'extrême droite, elle, n'oublie pas le Clemenceau auquel elle ne pardonnera jamais sa complicité avec l'extrême gauche, pendant si longtemps... En 1916, *L'Action française* traitera encore Clemenceau de « vieux sénateur anarchiste... [l'homme] qui porte la responsabilité d'une si longue carrière de désordres politiques et d'impréparation militaire ».

Comme s'il voulait surpasser l'adversaire, il leur

démontrera qu'en matière militaire il peut leur donner des leçons. Clemenceau chef de guerre, patriote, revanchard, jusqu'au-boutiste, voilà qui paraîtrait aussi un singulier reniement si, pendant le conflit de 1914-1918, le patriotisme le plus cocardier n'avait pas aussi déteint sur les anarchistes Kropotkine, Jean Grave, Paul Reclus, Malato. Sous le prétexte fallacieux d'Union sacrée les anarchistes signataires du manifeste des Seize, le 28 février 1916, se dresseront non pas contre le casse-pipe, mais pour la guerre[54].

Et Jules Guesde, rallié lui aussi à l'Union sacrée contre le pangermanisme, sera ministre d'Etat dans le gouvernement de la Défense nationale, le 27 août 1914.

On pourra s'étonner que l'histoire singulière de Georges et de Louise n'ait pas été racontée plus tôt. Mais les relations entre ces deux êtres si différents n'étaient pas faciles à justifier puisque Clemenceau, à la fin de sa vie, a brûlé presque toute sa correspondance. Certaines lettres de Louise ont été épargnées. Ce sont celles que nous avons citées.

Le 19 février 1919, Clemenceau sortait de son domicile de la rue Franklin pour se rendre au ministère de la Guerre. Rue Delessert, un menuisier de vingt-trois ans, Eugène Cottin, déchargea sur le vieil homme de soixante-dix-huit ans plusieurs coups de revolver.

Tout comme Louise Michel avait refusé de porter plainte contre l'homme qui avait tenté de l'assassiner, Clemenceau, blessé au poumon, protestera contre la peine de mort requise pour son « meurtrier » et fera commuer la peine en dix ans de réclusion. Libéré, Eugène Cottin, militant anarchiste, s'engagera dans les rangs des volontaires républicains pendant la guerre d'Espagne et sera tué sur le front par les franquistes.

Pourtant, Georges Clemenceau, le 17 mars 1917, avait applaudi à la chute du tzar. Il écrivait deux jours plus tard, dans *L'Homme enchaîné*, qu'il se félicitait de ce que le « débile tyran » soit renversé, et admirait « l'insigne beauté du drame révolutionnaire ».

Le 24 avril, dans la même publication, il revenait sur son passé libertaire :

« J'ai eu mes heures d'idéologie, et je ne suis pas du tout disposé à les regretter. »

Ajoutant, lucide :

« Je suis un mélange d'anarchiste et de conservateur. Reste à déterminer dans quelles proportions. »

Deux ans avant sa mort, à quatre-vingt-six ans, et vingt-deux ans après la mort de Louise, interviewé par Jean Martet (*Clemenceau par lui-même*, 1929) il réévoquait les massacres des communards :

« Comment se fait-il que je sois passé au travers de tout ça ? Je n'ai pas encore compris... Il y a eu à ce moment une femme courageuse, ma vieille amie Louise Michel. Où elle a été admirable, c'est devant les Versaillais. Elle leur a dit : "Mais il ne faut pas vous imaginer que vous me faites peur ! Mais je vous méprise ! Mais vous êtes des bandits ! Des assassins ! Et je vous le dis. Et vous pouvez me tuer." Depuis, elle a naturellement fait des bêtises, je me suis séparé d'elle. »

« Ma vieille amie Louise Michel... »

Notes

1. En 1850, Louise a vingt ans, Hugo quarante-huit. Elle lui écrit : « N'êtes-vous pas un frère pour moi, Hugo ? Et plus qu'un frère, car nous n'avons qu'une âme. »

2. Auguste Blanqui (1805-1881). Fils d'un député de la Convention. Participe à l'insurrection de 1830, où il est blessé sur une barricade. Condamné à la détention perpétuelle en 1839. Libéré par la révolution de 1848, réemprisonné en juin, libéré par l'amnistie de 1859. De nouveau condamné en 1861 à quatre ans de prison. Après avoir participé à la Commune de Paris, est arrêté par les Versaillais et condamné à nouveau à la détention perpétuelle. Gracié, en juin 1879, devient le leader d'un mouvement révolutionnaire où se conjuguent nationalisme et anticléricalisme, socialisme libertaire et marxisme. Le « blanquisme » inspirera le syndicalisme révolutionnaire de la fin du XIXe siècle. Avec trente-sept ans d'emprisonnement, sous tous les régimes, Blanqui demeure l'homme ayant subi en France la plus longue incarcération pour motif politique.

3. Lettre de Georges Clemenceau à son père, de la prison de Mazas, le 15 mars 1862 :

« Mon bon père,

« J'ai passé mercredi dernier devant le juge d'instruction. C'est la seconde fois. Des interrogatoires précédemment subis, il résulte clairement pour moi que je ne sortirai pas de prison d'ici quelque temps... »

Benjamin Clemenceau à sa femme, le 20 mars 1862 :

« Aujourd'hui j'ai été frapper à cette affreuse porte de Mazas... Sache que ton fils s'était fait, me dit-on, une sorte de position proportionnée à son âge et au milieu dans lequel il vivait ; il trônait sous les galeries de l'Odéon et était loin dans le quartier Latin ; un peu plus et sa petite notoriété allait peut-être passer le Pont-Neuf quand on l'a arrêté en sorte.

« Heureusement pour lui, du reste, il a été arrêté à son domicile et non à la Bastille, car ceux qu'on a pris là sont abattus à coups de triques et emportés comme des cadavres, tel est le témoignage unanime de tous ceux qui y étaient.

« J'ai pleuré de colère et de douleur en entendant ces récits-là et je voudrais bien être sûr de vivre assez pour voir la vengeance qu'on tirera, je l'espère un jour de tous ces crimes. »

4. Sainte-Pélagie, rue de la Clef à Paris, devint en 1792 prison d'Etat, réservée aux politiques de 1831 à 1895. Y furent emprisonnés Béranger, Raspail, Lamennais, Proudhon, Blanqui, Delescluze, Rochefort, Vallès.

5. Enfant malheureux, étudiant médiocre, Jules Vallès (1832-1885) sera compromis en 1853 dans un complot contre Napoléon III et emprisonné à Mazas. Répétiteur à Caen en 1861, il devient journaliste à *La Presse* et à *La Liberté*. Ses chroniques seront réunies en 1865 sous le titre *Les Réfractaires*. Editeur de publications éphémères : *La Rue*, *Le Peuple*, il est élu en 1870 député de Paris, XXe arrondissement, et fonde *Le Cri du peuple*.

Membre très actif de la Commune et en opposition à la dictature du Comité de salut public, il préside la dernière séance de l'Hôtel de Ville au moment où les Versaillais entrent à Paris. Ayant réussi à échapper à la répression, il se réfugie à Londres. Condamné par contumace à mort par le conseil de guerre de Versailles, en 1872.

Revenu en France après l'amnistie, il se lie à Clemenceau et publie sa célèbre trilogie : *L'Enfant*, *Le Bachelier*, *L'Insurgé* (1879-1886).

6. Emile-François Eudes (1843-1888), disciple de Blanqui, sera le premier général des troupes de la Commune. Réfugié en Suisse, puis à Londres, il revient en France après l'amnistie, en 1880, et aide Blanqui à la fondation du journal *Ni Dieu ni maître*. Avec Marie-Edouard Vaillant et Henri Rochefort, crée *L'Homme libre*. Il meurt en 1888 pendant une réunion en faveur des terrassiers en grève.

7. Lors de l'ultime défense de Montmartre, un détachement de vingt-cinq femmes, dont Dmitrieff et Louise Michel, empêchera pendant trois heures l'armée versaillaise de gravir la Butte. Place Blanche, une barricade tenue exclusivement par cent vingt femmes sera l'une des dernières à tomber.

8. Prosper-Olivier Lissagaray (1838-1901). Journaliste à Paris, s'oppose à l'Empire et participe à la Commune. Réfugié à Londres, revient à Paris après l'amnistie, en 1880, et fonde le journal *La Bataille*. Son *Histoire de la Commune de Paris* (1876), bien que partiale, demeure un livre de référence.

9. Néanmoins, si les hommes refusent de leur donner des postes importants, certaines les imaginent, comme l'envoyée de Karl Marx, Elisabeth Dmitrieff, qui crée une Union des femmes pour la défense de Paris, ou Paula Mink qui tente de soulever la province, ou Andrée Léo qui publie des articles dans *La Sociale*, ou encore Nathalie Lemel, animatrice de « L'Union des femmes pour la défense de Paris et les soins aux blessés ».

10. Parmi la soixantaine d'otages fusillés, Mgr Darboy, archevêque de Paris, Duguerry, curé de la Madeleine, Bonjean, ex-président de la Cour de cassation, le père Allard, aumônier des ambulances, trois jésuites, des dominicains, des gendarmes... Il est singulier que les trois archevêques de Paris, successifs, soient tous morts tragiquement : Mgr Affre, sur les barricades de juin 1848 où il venait s'interposer comme médiateur, Mgr Sibour, assassiné

par un prêtre en 1857, Mgr Darboy fusillé par les communards en 1871.

11. Rendons justice à Victor Hugo. Une telle gloire embaume un vivant, vivant si longtemps, presque un siècle, et pourtant Hugo fut un des rares écrivains célèbres qui n'accabla pas les vaincus de la Commune, mais chercha au contraire à les défendre, offrant même sa maison de Bruxelles pour refuge aux proscrits.

Rappelons que, à l'exception de Hugo, de Verlaine, de Rimbaud, de Villiers de l'Isle-Adam et bien sûr de Vallès qui était communard, toute l'intelligentsia parisienne se montra particulièrement ignoble après la défaite de la Commune, notamment Edmond de Goncourt, Flaubert, George Sand, Alexandre Dumas fils, Théophile Gautier, Ernest Feydau, Taine, Leconte de Lisle, Alphonse Daudet, Barbey d'Aurevilly, la comtesse de Ségur...

12. Marie-Edouard Vaillant (1840-1915). Ingénieur, docteur en médecine, délégué à l'Instruction publique pendant la Commune. Condamné à mort par contumace, se réfugie à Londres, y exerce la médecine, fréquente Karl Marx. Leader des blanquistes. Après l'amnistie, revient en France et anime avec Eudes et Rochefort *L'Homme libre*. Conseiller municipal de Paris (1884-1893), puis député de Paris jusqu'à sa mort, sera, après 1905, avec Jules Guesde et Jean Jaurès, l'un des chefs de file de la S.F.I.O.

13. Entre l'écrasement de la Commune et le départ des déportés ceux-ci avaient été internés dans les forts de Quelern, Saint-Martin-de-Ré, des îles d'Aix et d'Oléron. Le premier bateau de déportés, *La Danaé*, prit la mer le 3 mai 1872. Sept autres suivront, dont *La Virginie*. Le 1er juillet 1895, 3 859 « communeux » se trouvaient exilés en Nouvelle-Calédonie.

14. Henri Rochefort, marquis de Rochefort-Luçay (1831-1913), vaudevilliste, critique au *Charivari*, devint un violent journaliste politique, fondateur de *La Lanterne* en 1868, brochure pamphlétaire hebdomadaire contre le second Empire. Réfugié à Bruxelles, où *La Lanterne* poursuit sa parution (soixante-quatorze numéros jusqu'en novembre 1869), il est élu député de Belleville en 1869

et rédige alors le journal *La Marseillaise*. Emprisonné lors de l'affaire Victor Noir, il est libéré par la révolution du 4 septembre 1870, fait brièvement partie du gouvernement provisoire, démissionne lors des préliminaires de paix avec l'Allemagne. Simple journaliste pendant la Commune, il incite à la destruction de la maison de Thiers, mais proteste contre l'exécution des otages. Ses articles dans *Le Mot d'ordre* lui valent une condamnation à la déportation en Nouvelle-Calédonie, d'où il s'évadera en 1873. Installé en Suisse, il reprend la publication de *La Lanterne* en 1877, qui deviendra quotidienne. Revenu en France après l'amnistie, il crée le journal radical *L'Intransigeant*. Condamné par contumace pour sa participation au complot du général Boulanger, il vit à Londres jusqu'en 1895. Antidreyfusard, nationaliste, il perdra peu à peu son influence et mourra, oublié, en 1913, à Amélie-les-Bains.

15. Raoul Rigault (1846-1871). Journaliste républicain à *La Marseillaise*, disciple de Blanqui, élu au Conseil de la Commune. Délégué à la Préfecture de police, fait procéder aux arrestations de Mgr Darboy et du président Bonjean. Procureur de la Commune, le 26 avril 1871, sera tué par les Versaillais, le 24 mai, au pied de la barricade de la rue Royer-Collard.

16. Napoléon La Cecilia (1835-1878). Professeur de mathématiques, s'engage dans les francs-tireurs en 1870. Nommé général par la Commune, échappe à la répression et meurt en exil en Egypte.

17. Maxime Lisbonne (1839-1905). Marin, puis zouave lors de la campagne de Crimée (1854), comédien interprète des pièces de Hugo et de Dumas, directeur du théâtre Les Folies Saint-Antoine, capitaine de la garde nationale durant le siège de Paris, hisse le drapeau rouge sur l'Hôtel de Ville et obtient la reddition des troupes de la caserne du prince Eugène, le 18 mars 1871. Appelé pour son panache le « d'Artagnan de la Commune », blessé le 26 mai, prisonnier à Versailles, condamné à mort, sa peine sera commuée en travaux forcés à perpétuité qu'il effectue en Nouvelle-Calédonie jusqu'à l'amnistie. Vieilli, pauvre, invalide, Vallès

lancera une souscription pour que Lisbonne puisse obtenir une jambe de bois. Après avoir dirigé à Paris le théâtre des Bouffes du Nord, et publié un journal *L'Ami du peuple*, Lisbonne ouvrira à Paris un cabaret, en 1884, « La Taverne du diable » où les garçons servaient les clients, déguisés en galériens. Meurt dans la misère.

18. Jules Ferry ne cessera, par ailleurs, de stigmatiser l'amitié de Clemenceau et de Rochefort. Le 19 novembre 1879, il écrit dans *Le Globe* : « M. Clemenceau, s'il faut en croire ce qu'on raconte, n'a pas toujours été étranger à la politique de *La Lanterne*. » Et il blâmera Rochefort de « ses fréquentations éhontées, intolérables, avec ce qu'il y a de pis dans l'extrême gauche, sa subordination absolue à M. Clemenceau ».

19. Pierre Malézieux (ou Mélézieux), ancien forgeron de Brioude, était le doyen de la déportation. Insurgé de 1830, de 1848, et de tous les combats de la Commune, revint de Nouvelle-Calédonie en 1881. Un an plus tard, il se suicidera, n'ayant pu trouver de travail en raison de son âge. Jules Vallès écrivit à sa mémoire, le 7 mars 1884, un article superbe : « Il avait vu fumer devant lui Paris en feu. Il s'est tué avec cinq sous de charbon, allumé sur le fourneau d'un garni, là-bas, au fond des Batignolles... Il n'avait été condamné qu'au bagne par Versailles, il fut condamné au suicide par la faim. »

20. Amilcar Cipriani (1844-1918). Lieutenant de Garibaldi, participe à la lutte pour l'indépendance italienne. Membre de l'Internationale, il participera très activement à la Commune de Paris. Déporté en Nouvelle-Calédonie, il se joindra, après l'amnistie, à la révolte des Grecs contre les Turcs en 1898.

21. En 1880, les salaires journaliers des ouvriers du bâtiment allaient de sept francs à huit francs cinquante. En 1888, le magasinier Lucas, qui tentera d'assassiner Louise Michel, gagnait cent vingt francs par mois, sa femme quarante-cinq. En 1894, un instituteur gagnait cent vingt francs par mois, une vendeuse de cent cinquante à deux cents francs, pour douze heures de travail journalier.

22. Charles Longuet (1840-1903). Participe à la Commune dans la tendance proudhonienne. Réfugié à Londres, il épouse en 1872 la fille aînée de Karl Marx, Jenny. Revenu en France en 1881, se lie à Clemenceau, collabore à *La Justice* et participe à la vie politique radicale-socialiste. Peu avant sa mort, sous l'influence de Jaurès, adhère au Parti socialiste.

Son fils Jean Longuet (1876-1938) d'abord guesdiste, puis jaurésiste, est élu député socialiste de 1914 à 1919 et de 1932 à 1936. Au congrès de Tours (1920), il se prononcera contre l'adhésion du P.S. à la IIIe Internationale.

23. Paul Lafargue (1842-1911). Sous l'influence de Karl Marx qu'il fréquente à Londres et dont il épouse la fille, Laura, en 1868, évolue vers le socialisme marxiste. Principal théoricien marxiste de son temps, il publie de nombreux ouvrages de vulgarisation économique. Son livre le plus connu est un pamphlet réfutant la théorie du « droit au travail » chère aux révolutionnaires de 1848 : *Le Droit à la paresse*. Aux approches de la vieillesse, il se suicidera avec sa femme.

24. Pierre Kropotkine (1842-1921). De famille princière. Officier en Sibérie, démissionne en 1868 et se consacre à la science. Explorateur, géographe, il souligne l'action de l'homme dans la dégradation du milieu naturel et préconise d'organiser l'espace pour une société plus juste en utilisant les techniques modernes, notamment l'électricité. Adhérent à la 1re Internationale en 1872, il en démissionne et devient anarchiste. Emprisonné de 1874 à 1876 à la forteresse Pierre-et-Paul à Saint-Pétersbourg, s'évade et s'établit en Suisse où il fonde le journal *La Révolte*. Inculpé dans le procès des anarchistes de Lyon, condamné à cinq ans de prison, il sera libéré en 1886, s'établira à Londres où il s'impose comme le principal leader du mouvement anarchiste. Malgré son pacifisme et son antimilitarisme, il soutiendra en 1914 la cause des Alliés contre l'Allemagne. Revenu en Russie au printemps 1917, pour participer à la Révolution, il s'opposera bientôt aux bolchevistes, tout en conservant des relations amicales avec Lénine. Il a publié

ses mémoires : *Autour d'une vie* (1902) et de nombreux autres ouvrages : *Paroles d'un révolté* (1885), *La Conquête du pain* (1888), *L'Anarchie, sa philosophie, son idéal* (1896).

25. Jules Guesde (1845-1922). Condamné à cinq ans de prison pour sa sympathie envers les communards, vit en Suisse de 1872 à 1875 où il est attiré par l'anarchie. A Londres, Karl Marx le gagne au socialisme collectiviste. C'est Guesde qui introduira en France le courant marxiste. Député de Roubaix de 1893 à 1898 et de 1906 à 1922, il sera le chef des socialistes révolutionnaires jusqu'à ce qu'il soit supplanté par Jaurès. Ministre en 1914, il sera hostile à la Révolution russe et n'adhérera pas au P.C. lors du congrès de Tours.

26. En 1880, au cours d'une manifestation à Paris, les sbires d'Andrieux ayant molesté quarante personnes, dont le fils de Rochefort, ce dernier accusa le préfet en termes si injurieux que celui-ci envoya son beau-frère se battre en duel contre Rochefort en Suisse, où le polémiste était exilé. Rochefort choisit Clemenceau comme un de ses témoins. Au bout de vingt secondes, blessé au ventre, Rochefort sera transporté par Clemenceau dans une auberge où il sera soigné.

27. « Le centre de tous les esprits était le directeur de *La Justice* [...]. Il était élégant de sa personne, très soigné sous son masque mongol aux pommettes saillantes, silhouette de tueur à l'épée ou au pistolet auquel on n'en impose pas. [...] On racontait qu'il avait plus d'une bonne amie à l'Opéra – bien que marié avec une insignifiante Américaine... C'était un séduisant gaillard... Blagueur, il aimait à déconcerter... Ne payait jamais ses collaborateurs. Ceux-ci, non seulement ne lui en voulaient pas, mais encore avaient pour lui un véritable culte. » (Léon Daudet, *Fantômes et vivants*, 1914.)

28. Emile Pouget (1860-1931). Anarchiste, publie en langue argotique *Le Père Peinard* (1889-1894), puis *L'Almanach du Père Peinard*. Il rédige seul son journal, comme un siècle plus tôt Marat pour *L'Ami du peuple* et Hébert pour *Le Père Duchesne*. « C'est la

langue du populo que je dégoise... Etre compris des bons bougres, c'est ce que je veux, le reste je m'en fous... Voir cette fin de siècle dégueulasse au possible, où tout est menteries, crapuleries et brigandages, et assister la bouche close à tout ça : nom de Dieu, je ne pouvais pas m'y faire ! Le sang me bouillait de voir ces cochons du gouvernement s'engraisser à nos dépens. »

A partir de 1895, Pouget va préconiser le sabotage du travail comme pratique d'arme sociale. Son livre : *Le Sabotage*. Rédacteur de *La Voix du peuple*, organe de la C.G.T., en 1900, il cessera toute activité après 1909.

29. Le 4 mars 1898, dans *L'Aurore*, Georges Clemenceau écrira, à la suite de l'acquittement d'une voleuse de pain :

« Le tribunal [...] a rendu un verdict d'acquittement qui fait honneur à son humanité. Il a même posé un beau jalon d'avenir en proclamant l'atténuation de la responsabilité sous l'empire de la misère physique et morale. C'est très bien. »

30. Jean-Baptiste Clément (1836-1903). Membre de la Commune de Paris, condamné à mort par contumace, s'exile en Angleterre et revient en France en 1880, après l'amnistie. Actif propagandiste du socialisme, auteur de nombreuses chansons révolutionnaires, il est surtout connu pour ce chef-d'œuvre : *Le Temps des cerises*.

31. Eugène Pottier (1816-1887). Insurgé en février et juin 1848, syndicaliste illégal sous l'Empire, participe à la Commune de Paris. Condamné à mort par contumace. Alors qu'il se cachait à Paris après la chute de la Commune, compose *L'Internationale*. Un an après sa mort, à la demande du maire socialiste de Lille, Pierre Degeyter mettra les paroles de Pottier en musique.

32. Félix Pyat (1810-1889). Journaliste républicain, député montagnard en 1848, dut s'exiler avec l'avènement de l'Empire. Elu député de la Seine en février 1871, devint l'un des dirigeants de la Commune. Condamné à mort par contumace, se réfugie en Grande-Bretagne. Après l'amnistie, milite en France avec les blan-

quistes. Sénateur du Cher en 1887, député des Bouches-du-Rhône en 1888.

33. Georges Boulanger (1837-1891). Général républicain, ministre de la Guerre en 1886, obtient la sympathie de la gauche en appliquant rudement la loi sur le bannissement des princes, expulsant notamment de l'armée le duc d'Aumale, fils du roi Louis-Philippe, auquel il devait sa nomination de général de brigade. Surnommé « général la Revanche », il réunit autour de lui tous les aigris de la défaite de 1870. Sa carrière politique, basée sur le nationalisme anti-allemand et l'antiparlementarisme, lui apporta le soutien enthousiaste à la fois de l'extrême droite de Déroulède et de l'extrême gauche de Rochefort. Elu triomphalement député de Paris en 1889, il refusa le coup d'Etat qui lui était proposé, malgré l'appui de l'armée et de la foule. Inculpé de complot contre l'Etat, il s'enfuit en Belgique où il se suicidera en 1891 sur la tombe de la femme aimée qu'il préférait sans doute à la vanité du pouvoir.

34. En 1892, Edouard Drumont proposera aux anarchistes de collaborer à *La Libre Parole*. Pouget refusera (d'après Zévaco).

35. Cette école destinée aux enfants des réfugiés politiques sera financée à son insu par un agent provocateur. Et l'on découvrira vite des bombes dans la cave de l'école, qui sera alors fermée.

36. Monument expiatoire des « crimes de la Commune », symbole du repentir et de l'effacement des événements de 1871, la basilique de Montmartre, consacrée au Sacré-Cœur, avait été déclarée d'utilité publique en 1872. Inaugurée en 1891, Michel Zévaco y voyait la volonté de l'Eglise de dominer Paris.

« Le Sacré-Cœur, écrit-il, a surgi énorme et ridicule bonnet dont le Gésu s'est plu à coiffer le crâne de la grande ville, dérisoire éteignoir de pierre qu'une main brutale a mystérieusement et soudainement appliqué sur cette flamme... Apocalyptique animal dont le ventre effrayant pèse de tout son poids sur ce pauvre corps et dont les griffes empoisonnées s'enfoncent ou plutôt s'insinuent dans cette chair vivante. » (*L'Egalité*, 25 octobre 1891.)

37. Charles Malato (1857-1938). Anarchiste, déporté en Nouvelle-Calédonie. Accusé au procès des Trente. Partisan en 1914 de l'Union sacrée. Ecrit le texte illustré de *La Vie de Louise Michel* destinée aux enfants et publiée par l'Union des ouvriers d'ameublement.

38. Errico Malatesta (1853-1932). Anarchiste italien, ami de Bakounine. Propagandiste très actif, maintes fois emprisonné, expulsé d'Italie, de Suisse et de France, vit en Grande-Bretagne. Revient en Italie en 1913 et fonde le journal *Volontá* qui s'oppose à la guerre.

39. Lettre ultime de Vaillant à sa fille, Sidonie :

« Ton père a toujours été juste... Il est mort pour ceux qu'il aimait. Donne un but à ta vie : le bonheur de l'humanité... Le seul but de la vie doit être de ne pas faire de mal à son semblable.

« Ils sont redoutables les hommes chez qui l'orgueil s'hypertrophie ainsi, en une végétation monstrueuse qui couvre tout, absorbe tout jusqu'à la conscience du mal. »

40. Sébastien Faure (1858-1942). De famille bourgeoise et catholique, cet ancien agent d'assurances sera, à partir de 1888, le principal propagandiste anarchiste français des dernières années du XIXe siècle et de la première moitié du XXe. Vulgarisateur des idées de Kropotkine et d'Elisée Reclus, il organise une école privée anarchiste, *La Ruche* (1904-1917), fonde le journal *Le Libertaire* (1895) et dirige *L'Encyclopédie anarchiste*, achevée en 1934.

41. Laurent Tailhade (1854-1919). Un des premiers collaborateurs du *Mercure de France*, ami de Verlaine et de Moréas, réclamera en 1901 un régicide contre le tsar en visite à Paris. La violence des propos publiés aux alentours de 1900 est aujourd'hui inimaginable. Tailhade termine son long appel au meurtre, intitulé *Le Triomphe de la domesticité*, par ces mots :

« Quoi, ces soldats illégalement retenus pour veiller sur la route où se piaffe la couardise impériale, parmi ces gardes-barrières qui gagnent neuf francs tous les mois, parmi les chemineaux, les mendiants, les trimardeurs, les outlaws, ceux qui meurent de froid sous les ponts, en hiver, il ne s'en trouvera pas un pour prendre son fusil, son tisonnier, pour arracher aux frênes des bois le gourdin préhistorique et, montant sur le marchepied des carrosses, pour frapper jusqu'à la mort, pour frapper au visage et pour frapper au cœur la canaille triomphante, tsar, président, ministres, officiers et les clergés infâmes, tous les exploiteurs du misérable, tous ceux qui rient de sa détresse, vivent de sa moelle... Le sublime Louvel, Caserio, n'ont-ils plus d'héritiers ? Les tueurs de rois sont-ils morts à leur tour ? »

42. « Cet assassinat est un choc en retour de la justice immanente. Il y a cent ans, des milliers d'innocents étaient assassinés à Lyon en vertu d'un décret du Comité de salut public, signé Carnot, le grand-père de Sadi Carnot. Cent ans après, le petit-fils qui, personnellement, est intègre et sans reproche dans sa vie privée, est frappé par un assassin. Le terroriste a enfanté l'anarchiste et l'anarchiste tue celui qui l'a engendré. » (Edouard Drumont.)

43. Comme Jaurès, le 24 juillet 1894, à la Chambre des députés : « Dites-vous bien que toute cette brûlante poussière de fanatisme anarchiste qui a aveuglé quelques misérables sur les chemins est la sœur de cette boue capitaliste et politicienne que vos prescriptions légales ont séchée... Le jour où le même navire emportera vers les terres fiévreuses de la relégation le politicien véreux et l'anarchiste meurtrier, ils pourront lier conversation : ils s'apparaîtront l'un à l'autre comme les deux aspects complémentaires d'un même ordre social. »

44. Jean Grave (1854-1939). Ce cordonnier sera, avec Sébastien Faure, le principal vulgarisateur de la pensée anarchiste à la fin du XIXe siècle et dans la première moitié du XXe. Accusé au procès des Trente, signataire du manifeste des Seize, en 1914, Jean Grave dirigera trois revues : *Le Révolté* (1883-1887), *La Révolte* (1887-1895), *Les Temps nouveaux* (1895-1919). Il a publié : *La Société mourante et l'anarchie* (1893), *L'Anarchie, son but, ses moyens* (1899).

45. A Propos du livre de Jean Grave, *La Société mourante et l'anarchie*, Clemenceau qui n'approuve pas les idées de Grave s'élève néanmoins contre la décision de la justice de pilonner le livre :

« La République française a élevé une statue à Etienne Dolet, place Maubert, là même où il fut pendu, puis brûlé, *avec ses livres*. Cet hommage rendu à la liberté de pensée suffit, paraît-il, à l'esprit républicain. Et vraiment, on n'a pas brûlé Jean Grave, on n'a détruit que son livre. C'est cette destruction de la pensée imprimée qui me hante comme la plus prodigieuse absurdité qui se puisse commettre. »

46. Si les attentats cessent en France, ils se multiplient par contre ailleurs : assassinat d'Elisabeth d'Autriche (Sissi) par l'Italien Luigi Lucheni, en 1898 ; assassinat de Humbert Ier, roi d'Italie, par l'anarchiste Gaetano Breschi, en 1900 ; meurtre du président du Conseil espagnol Canovas del Castillo par l'anarchiste italien Michele Angiolillio, en 1897 ; meurtre du président des Etats-Unis McKinley par le Polonais Léon Czolgoscz, en 1910. L'illégalisme homicide réapparaîtra en France avec le procès des Travailleurs de la Nuit (Marius Jacob) en 1905 et la bande à Bonot (1911-1913).

47. Jules Méline, président du Conseil des ministres, déclare : « Il n'y a pas d'affaire Dreyfus. » En conséquence, quelques semaines plus tard, Zola est condamné pour diffamation.

48. L'indéfectible amitié de Claude Monet et de Clemenceau se concrétisera par l'installation des *Nymphéas* au musée de l'Orangerie, place de la Concorde, à Paris. Le 12 novembre 1918 Monet écrit à Clemenceau qu'il a terminé deux panneaux décoratifs qu'il désire offrir à l'Etat, « manière que j'ai de prendre part à la victoire ». Clemenceau obtient des crédits pour aménager le sous-sol de l'Orangerie, aux Tuileries. De deux panneaux, Monet en offre dix-huit, puis vingt-deux, formant douze compositions. Mais Clemenceau doit convaincre le Sénat qui s'oppose aux crédits pour les aménagements. En juillet 1922, Monet signe sa donation. Cle-

menceau inaugurera les salles des *Nymphéas*, le 17 mai 1927, l'année qui suivra la mort du peintre.

49. « La Chambre n'a compté ces derniers temps, dit Léon Blum, que deux orateurs : Jaurès et Clemenceau... Clemenceau est l'homme de la riposte incomparable, pendant vingt minutes, à la tribune. » (Jules Renard, *Journal*, 31 janvier 1901.)

50. Séverine (1855-1929). Secrétaire et disciple de Jules Vallès, elle collabore avec ce dernier à la rédaction de ses romans *Le Bachelier* et *L'Insurgé*. Après la mort de Vallès, elle prend le pseudonyme d'Arthur Vingtras pour signer ses chroniques libertaires et dirige, de 1886 à 1888, *Le Cri du peuple*. Défend Clemenceau lorsque ce dernier est accusé faussement d'espionnage au profit de l'Angleterre et soutient Zola lors de l'affaire Dreyfus. Rochefort et Guesde détestaient Séverine, mais les anarchistes lui vouaient un véritable culte. Pendant la guerre de 1914 elle écrira un dialogue imaginaire entre Louise Michel et Clemenceau. Après avoir adhéré au P.S., elle rejoindra le P.C. Elle se disait : « Parente de Louise Michel par la sincérité, cousine de Déroulède par les moulins à vent. »

51. Zéphyrin Camélinat (1840-1932). Ouvrier bronzier, membre de l'Internationale. Directeur de la Monnaie, pendant la Commune. S'exile à Londres. Gracié en 1879 et revenu en France, devient député socialiste de 1885 à 1889, et trésorier de la S.F.I.O.

52. Beatrix Excoffon. Communarde, présidente du club de la Boule noire, membre du comité de vigilance du XVIIIe arrondissement. Ambulancière. Emprisonnée avec Louise Michel à Versailles, sera également condamnée à la déportation.

53. Témoin du revirement spectaculaire de Clemenceau, Séverine dira : « Il ne sait pas ce qu'il m'en coûte de ne pas l'attaquer ; [...] mais je n'oublierai jamais son courage dans l'affaire Zola, et mon silence, c'est le prix de cet héroïsme. »

54. Témoin cette invraisemblable lettre de Charles Malato à Jean Grave, le 13 juillet 1918 : « Tout libertaire que je sois, le salut commun était la suprême loi, si j'avais été à la place de Clemenceau, j'aurais fait coffrer Longuet, fusiller Rappoport... »

Quelques repères bibliographiques

GEORGES CLEMENCEAU

M. Marcel Wormser doit être particulièrement remercié. Conservateur du musée Georges-Clemenceau, 8, rue Franklin, 75016 Paris, il a bien voulu me confier les dossiers 7 et 8 des archives du musée, concernant les ascendances de Clemenceau, sa jeunesse, les documents sur son père et les quatorze lettres de Louise Michel à Clemenceau.

La biographie exhaustive de Clemenceau est celle de Jean-Baptiste Duroselle, Fayard, 1988.

Autres repères :

Gustave Geoffroy, *Clemenceau,* Larousse, 1919.

J. Martet, *G. Clemenceau peint par lui-même,* Albin Michel, 1929.

A. Zevaes, *Clemenceau,* Julliard, 1949.

Et deux ouvrages de Clemenceau : *La Mêlée sociale* (1895) et *A travers champs,* récits, Le Cherche-Midi, 1997.

LOUISE MICHEL

Louise Michel, *Mémoires,* rééd., édit. Sulliver, 1997.

Fernand Planche, *La Vie ardente et intrépide de Louise Michel,* chez l'auteur, 1946.

Edith Thomas, *Louise Michel*, Gallimard, 1971.

Xavier de La Fournière, *Louise Michel, matricule 2182*, Perrin, 1986.

Xavière Gauthier, *L'Insoumise, biographie romancée de Louise Michel*, Manya, 1990, rééditée sous le titre *La Vierge rouge*, Éd. de Paris, Max Chaleil, 1999.

Louise Michel, *Je vous écris de ma nuit, correspondance générale, 1850-1904*, établie et présentée par Xavière Gauthier, Éd. de Paris, Max Chaleil, 1999.

LA COMMUNE

Lissagaray, *Histoire de la Commune de 1871*, Bruxelles, 1878.

Paul Lidsky, *Les Ecrivains contre la Commune*, F. Maspero, 1970.

Maxime Vuillaume, *Mes cahiers rouges au temps de la Commune*, Babel, Actes Sud, 1998.

ANARCHIE

L'Anarchie, numéro spécial, *Le Crapouillot*, janvier 1938.

Daniel Guérin, *Ni Dieu ni Maître. Anthologie de l'anarchisme*, F. Maspero, 1970.

Jean Maitron, *Le Mouvement anarchiste en France*, tome I : *Des origines à 1914*, F. Maspero, 1975 ; Gallimard, 1992.

Jean Préposiet, *Histoire de l'anarchisme*, Tallandier, 1993.

Kropotkine, *Autour d'une vie, Mémoires*, Stock, 1898 ; *La Conquête du pain*, éd. du Monde libertaire, 1975 ; *Paroles d'un révolté* (1885), Flammarion, 1978.

Elisée Reclus, *L'Evolution, la Révolution et l'idéal anarchiste*, Stock, 1921.

Roger Bellet, *Jules Vallès*, Fayard, 1995.

Les plus belles pages de Laurent Tailhade, Quignon, 1928.

Bernard Lecache, *Séverine*, Gallimard, 1930.

Et les numéros spéciaux de la revue *Itinéraire*, consacrés à Kropotkine, nº 3, juin 1988 ; Malatesta, nºs 5-6, janvier 1989 ; Eugène Varlin, nº 11, 1993 ; Elisée Reclus, nºs 14-15, 1998.

TÉMOINS

Victor Hugo, *Choses vues*, Bouquins, Robert Laffont.

Edmond et Jules de Goncourt, *Journal, 1866-1896*, Bouquins, Robert Laffont, 1988.

Léon Daudet, *Souvenirs et polémiques*, Bouquins, Robert Laffont, 1992.

Jules Renard, *Journal, 1887-1910*, Bibliothèque de la Pléiade, Gallimard, 1965.

Du même auteur

ROMANS

Éditions Albin Michel

La Mémoire des vaincus
Le Roman de Rabelais (Prix des Maisons de la Presse)
Le Marin des sables
Ma sœur aux yeux d'Asie
Les Mouchoirs rouges de Cholet (Prix des lectrices de *Elle*)
La Louve de Mervent
Le Cocher du Boiroux
Drôles de métiers
Les Quatre Murs
Le Jeu de dames
Nous sommes 17 sous une lune très petite
Enfance vendéenne (L'Accent de ma mère, Ma sœur aux yeux d'Asie, Enfances vendéennes)
Les coquelicots sont revenus
Un si bel espoir

ESSAIS

Histoire de la littérature prolétarienne, Albin Michel
L'Accent de ma mère, Coll. « Terre Humaine », Plon
La Voie libertaire, Coll. « Terre Humaine », Plon
1793. L'Insurrection vendéenne et les malentendus de la liberté, Albin Michel
D'une berge à l'autre, Pour mémoire 1943-1953, Albin Michel

CRITIQUE ET HISTOIRE DE L'ART

L'Art Abstrait, tomes 3, 4, 5, A. Maeght
Naissance d'un art nouveau, Albin Michel
Atlan, mon ami, 1948-1960, Galilée
Karel Appel, de Cobra à un art autre, Galilée
Jean Dubuffet, paysages du mental, Skira-J. Bucher
Jean Dubuffet, Fall éditions
Les Ateliers de Soulages, Albin Michel
James Guitet, les forces du silence, SMI
54 Mots-clés pour une lecture polyphonique d'Agam, Fall éditions
Le Dessin d'humour, « Points-Virgule », Éd. du Seuil
Journal de l'Art Abstrait, Skira
Martin Barré, Calder, Corneille, Fautrier, Étienne-Martin, Kemeny, Kœnig, Marta Pan, Poliakoff, Schneider, monographies chez divers éditeurs
Histoire des arts plastiques de 1945 à nos jours. Entretiens avec Alain Vollerin, 5 vidéocassettes de 53 mn, Mémoire des Arts
L'Art Brut, Corneille, Dewasne, Denise René, Doucet, Étienne-Martin, Guitet, J.-P. Raynaud, Soulages, Takis, Venet, Zao Wou-Ki, vidéocassettes, Mémoire des Arts
Du côté de l'Art Brut, Albin Michel
Le Regard et la Mémoire. Portraits-souvenirs de Atlan, Poliakoff, Dubuffet, Chaissac, Fautrier, Hartung, Albin Michel

URBANISME ET ARCHITECTURE

Histoire mondiale de l'architecture et de l'urbanisme modernes :
Tome 1, Idéologies et Pionniers, 1800-1910, Casterman
Tome 2, Pratiques et Méthodes, 1911-1985, Casterman
Tome 3, Prospective et Futurologie, Casterman
Esthétique de l'architecture contemporaine, Griffon, Neuchâtel
L'Homme et les Villes, Albin Michel
L'Architecture, le Prince et la Démocratie, Albin Michel

L'Espace de la mort, Albin Michel
L'Architecture des gares, Denoël
Claude Parent, monographie critique d'un architecte, Dunod
Le Temps de Le Corbusier, Hermé
C'est quoi, l'architecture ? Coll. « Petit Point », Éd. du Seuil
Histoire de l'architecture et de l'urbanisme modernes, 3 vol., « Point Essais », Éd. du Seuil

BIO-BIBLIOGRAPHIE

Autour de Michel Ragon, musée des Beaux-Arts de Nantes, 1984
J'en ai connu des équipages, entretien avec Claude Glayman, J.-C. Lattès
Michel Ragon parmi les siens, Plein Chant, n° 64-65, 1998
Aliette Armel, *Les Itinéraires de Michel Ragon*, Albin Michel

La composition de cet ouvrage
a été réalisée par I.G.S. Charente Photogravure,
à l'Isle-d'Espagnac,
l'impression et le brochage ont été effectués
sur presse Cameron dans les ateliers
de ***Bussière Camedan Imprimeries***
à Saint-Amand-Montrond (Cher),
pour le compte des Éditions Albin Michel.

Achevé d'imprimer en décembre 1999.
N° d'édition : 18629. N° d'impression : 995246/4.
Dépôt légal : janvier 2000.